清水邦夫の華麗なる劇世界

井上理恵 著

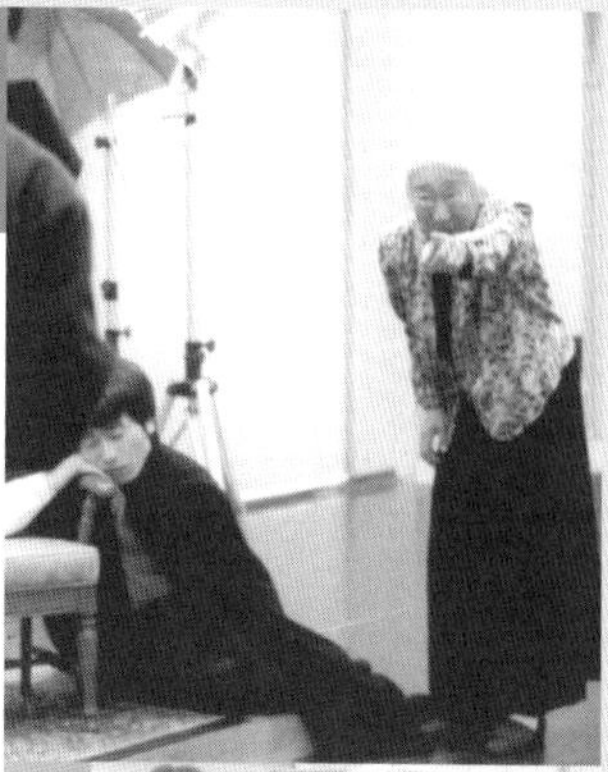

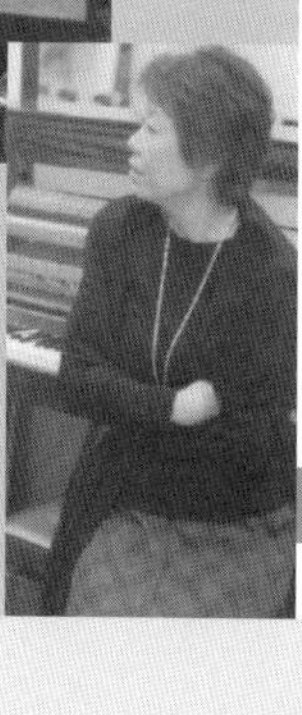

「恋する人びと」
稽古場風景
撮影：上田淳子

清水邦夫と松本典子を愛する人びとに

『清水邦夫の華麗なる劇世界』目次

第二部　清水邦夫の戯曲〈愛〉の三部作　53

第三部　一幕物の劇世界を語る　99

写真提供　清水邦夫・木冬社

SHIMIZU Kunio

MATSUMOTO Noriko

はじめに

劇作家清水邦夫の登場は一九五八年、早稲田大学の学生の時であった。早稲田大学坪内博士記念演劇博物館の戯曲公募に応募した「署名人」が、早稲田演劇賞を得たのである。演劇とこの応募について清水は次のように記す。（／改行）

「大学三年の時、演劇科に転科した。（略）長兄が『ぶらい』という小さな学生劇団のリーダーをしていたが、そこを手伝った経験もない。にもかかわらず演劇の毒（？）に知らず知らずのうちに惹かれていたのかも知れない。語学の授業で知りあった演劇科の友人から、映画会社などの就職には演劇科の方が有利だと囁かれたのも転科した一因だったような気がする。／その夏、早大演劇博物館主催で坪内逍遥記念会の早稲田演劇賞なるものが戯曲を公募していた。締切りは秋。わたしは転科した記念に（ひとりよがりの記念だったが）、戯曲を書くことを決めた。」（「磨り硝子ごしの風景 I」445頁『清水邦夫全仕事』上・所収）

この戯曲は「またテアトロの佳作にも入った。この作品によって倉橋健先生（当時早大文学部教授）の知己をえた。（略）さらに先生は劇団青俳を紹介してくださり、それによって蜷川幸雄と知り合うようになった。」と清水の演劇的世界が拓けていく様子を告げている。まさに華々しい登場であった。

これを書いていて、一九五八年が学部、大学院の頃からわたくしの研究対象であった久保栄の亡くなった年であることに気付いた。しかもこの年の一一月に福田善之の第一作「長い墓標の列［※］」をぶどうの会の若手（竹内敏晴演出、小沢重雄・久米明・美濃部八郎・片岡蘭子・高村友子ら出演）が東横ホールで上演していた。久保栄が亡くなった年に福田善之と清水邦夫がデビューしたとは……、あまりの偶然というか何というか、言葉もない。というのも福田や清水を始めとする若者世代が、久保栄や村山知義たちが切り開き三〇年余にわたりこの国に定着させてきた輝かしい創作劇の時代・リアリズム演劇の時代を、いずれ終息させる役回りを担うことになるからだ。

『テアトロ』「久保栄追悼号」（一九五八年五月号）で羽仁五郎は久保の孤立した死について記した。

芸術また学問また政治の真実をおそれるものがあり、かれらに憎悪されることは真実の芸術家また学者また政治家の光栄である、と魯迅が我々に告げている。（略）日本では芸術家や学者や政治家の多くが侵略戦争に協力し、（略…それをみて）国民の大多数も侵略戦争に協力するほかないように考え、日本国民のあいだにファシズムと戦争とにたいするレジスタンスの運動がおこらなかった。真実の感覚を失ったジャナリズムや芸術家や学者や政治家がはたしてどこまでファシズムと戦争とに反対することができるであろうか。日本国民はふたたびうらぎられない自覚を生長させつつあるのであろうか。ファシズムと戦争とについてゆくことのできない芸術家としての感覚をもつ少数の一人であった久保栄が、真実の芸術をおそれる勢力のために孤立させられ、死においつめられたとき、日本の国民大衆にうったえていたのは、このことである。

羽仁の指摘を待つまでもなく久保の死は痛ましいが、その久保の死と入れ替わるように立ち現れた若い二人の劇作家福田善之と清水邦夫は、「理論的にも、実践的にも、技術的にも、久保栄は現代の日本の唯一の演出家であった」（『伝統芸能』五十二号）という部分を、互いにまったく異なるアプローチで現代演劇の〈理論的・実践的・技術的〉側面を、継承することになったのだ。

歴史というのは面白いものだと思う。常に前の時代を批判し、壊して新しい道を作っていくからだ。本書では、二〇世紀末の三〇年間と二一世紀初めまでの清水邦夫の劇世界を明らかにしていく。

二一世紀になって、想像もできないような資本主義社会の肥大化がその歴史の可能性を奪ってしまい、社会と密接なかかわりを持つ演劇の未来は、商業主義に阻まれているように見受けられたが、今思いもかけない自然の襲来で、別の未来が生まれそうな予感がする。そのためにも人間や社会を、決して声高に批判しないが、奥深いところで〈黒い帯〉がうねっている劇的世界は、再考に値するだろう。本書が清水邦夫を愛する人たちのために、清水戯曲を上演しようとする人たちのために役立つことを願っている。

最後に清水戯曲へのわたくし自身のアプローチに触れたい。

清水の舞台は七〇年代から見ていたが、清水研究は二一世紀になってから手を付けた。日本近代演劇研究は、やらなければならないことが多すぎて、とても現代演劇にまで手が回らなかった。日本近代演劇史研究会の『20世紀の戯曲』1巻の近代篇がようやく終わって上梓したのが一九九八年、やっと現代演劇へ向かえるようになる。

本書は、わたくしが初めて活字にした清水論（『20世紀の戯曲Ⅱ　現代戯曲の展開』所収、社会評論社二〇〇二年）から始める。長い間清水戯曲の舞台を見ていたから、発表出来た時は嬉しかった。しかもこの清水論は、ボイド真理訳で〝ASIAN THEATRE JOURNAL〟Vol.20, No.1 SPRING 2003（page1-11）に掲載されるという幸運にであう。欧文タイトルは、〝On Shimizu Kunio's Play: *May Even Lunatics Die in Peace.*〟だ。

初めて発表した清水論が厳しい編者の編む著名な海外研究誌の巻頭に載ったことは、その後の清水研究へ向かう励みになった。

本書に入れる論文は、論の組み立てや対象を考慮して清水の出発から触れなければならない場合が多く、重複は否めない。しかも紙幅の都合で書き足りない部分も多々あった。が本書には初出のまま入れた。論文を書いた時の想いとその時間を大事にしたかった。加筆は注で補った。

多くの清水戯曲の中のわずかな作品にしか言及していないが、あえて新稿をいれてない。大部の著書にしたくなかったからで、気軽に手に取って清水邦夫の劇世界を拡げてほしいという想いがある。ただそれだけの理由だ。記憶は薄れているが長い間見てきた清水の舞台とその時々のプログラムから思いついたことなどを、少し入れた。これが新稿と言えばいえるかもしれない。

二〇一〇年から「井上理恵の演劇時評〔※※〕」というブログを立ち上げて、劇場で観た芝居の批評を書いている。近年、あまり清水戯曲は舞台に乗らないが、ブログに上げた評の幾つかを当該論に入れた。舞台の息吹が感じられれば幸いである。

［注］

＊「長い墓標の列」は、東京大学経済学部の河合栄治郎事件を題材にした戯曲。戦時中一九三一年の満州事変以降のファシズム横行（五・一五事件、滝川教授思想弾圧事件、二・二六事件）に対し、ファシズム批判を展開して右翼陣営から攻撃を受けるが、批判を続ける河合に対し、政府は著書を発禁処分にした。発表は前年の五七年で早稲田大学演劇研究会により5時間余の初稿が上演される。ぶどうの会による初演版は改訂版で、以後これが定稿となった。五八年新劇演劇賞候補作・五九年新劇戯曲賞佳作。新劇戯曲賞は後の岸田戯曲賞。ちなみに五八年の新劇戯曲賞は、第三部第七章で記す松本典子の女優デビュー作、堀田清美作「島」である。

＊＊「井上理恵の演劇時評」は、二〇一九年から「井上理恵の演劇時評」に変わる。

本書執筆にあたり次の書を参照した。

『清水邦夫全仕事 1958～1980』上下　河出書房新社一九九二年六月
『清水邦夫全仕事 1981～1991』上下　河出書房新社一九九二年一一月
『清水邦夫全仕事 1992～2000』河出書房新社二〇〇〇年六月
清水邦夫『われら花の旅団よ、その初戦を失へり』レクラム社一九七九年八月
清水邦夫『ステージ・ドアの外はなつかしい迷路』早川書房一九九四年八月
清水邦夫『清水邦夫1』ハヤカワ演劇文庫二〇〇六年一一月
（署名人／ぼくらは生れ変わった木の葉のように／楽屋）

清水邦夫劇化・アゴダ・クリストフ原作（堀茂樹訳）「悪童日記」『悲劇喜劇』一九九四年八月号

アゴダ・クリストフ（堀茂樹訳）『悪童日記』ハヤカワ文庫二〇一四年15版

『新劇』、『テアトロ』当該年雑誌、公演プログラムなど。

第一部

清水邦夫の登場

第一章
「署名人」から「狂人なおもて往生をとぐ――昔　僕達は愛した――」へ［注1］

1　不条理な関係

一九五八年秋に早大演劇博物館で戯曲を公募していた。清水は早大演劇科へ転科した記念に応募しようと大学の演劇部にいた兄に相談したという。兄は「チェーホフとシェイクスピアの何編かを読め」といい、恋愛ものはやめろと忠告した［注2］。そして出来上がったのが第一作「署名人」だ。これは早稲田演劇賞を貰い、さらにテアトロ演劇賞も得て、一九六〇年一一月に劇団青俳が倉橋健・兼八善兼の演出で初演した。

伊藤痴遊『明治維新秘話』に出てくる署名人が取材源になっている。簡単にいえば活動家が讒謗律《ざんぼうりつ》に触れた場合、その身代わりを引き受けて二、三年監獄へ入る商売だ。自由民権運動が盛んであったころ登場したらしい。江戸から明治近代国家への転換が決して簡単ではなかったことを物語るような

〈秘話〉だ。

舞台の時は明治一七年頃に設定されている。国会開設願望建白運動の激しい時期で、一八八二（M15）年に集会条令が改悪、翌年新聞紙条令、出版条令が改悪され、言論・表現の自由が侵され始め、罰則が強化されている。そこで署名人が登場したのであろう。嘘のようなホントの話である。

場所は監獄、署名人の井崎が先客国事犯二人のいる房にきた。

> 署名人、こいつはあっしにぴったりの仕事だ。（略）監獄で坐っている。鼾をかいて寝ている。旦那方と喋っている。こういった間にもあっしは稼いでいる。（20頁）

井崎は同房の本物の国事犯が脱獄を企てているのを知って驚く。監獄にいて稼いでいられる状況ではなくなった。命が掛かって来たからだ。脱獄を見逃がせば、あとで過酷な拷問にかけられる。獄吏を殺して脱獄を手伝って外へ出ても、国事犯の仲間にいずれ殺される。いずれにしろ彼は逃れられない。

> 俺ゃ蠟燭の火が消えるのだって厭なんだ！　何の罪もねぇ俺を何がこんな所へ閉じ込めやがったんだ。俺ゃこんな目に合う筋合いじゃねえやい！（略）
>
> 旦那方はあっしの屍をのり越えて進んでくだせえ。（略）さあ殺しておくんなせえ！
>
> 　井関絶叫して足を折るように二、三歩松田に近づこうとする。と、蠟燭の火が消える。

暗黒。
その中から悲鳴とも哄笑ともつかぬ人間の音が――（32頁）

幕切れに聞こえた悲鳴は井崎か……獄吏か……不条理な死、人間の関係にこのようなことがあっていいのか……。

ここには第一作とは思われないような三者の形而上的関係性の変化が描かれている。しかもこれはドラマトゥルギーの原典ともいえるアリストテレスの「詩学」が示す――劇的危機と破滅が瞬時に訪れる――ドラマでもある。署名人井崎の安穏な現在が突如転覆し、ついさっきまで考えてもいなかった現実に直面、そして命を落とすという構図だ。ドラマの正道からの出発といっていい。

清水はリアリズム演劇全盛期に筋を拒否し、にもかかわらず写実的対話を用いて人と人との不条理な関係性を描出した。以後、彼は状況の変化が生成する形而上的関係性に拘り続ける。それはイオネスコやベケットのヨーロッパ型不条理とも安部公房の非リアリズム的前衛性とも異なるわたくしたちの国の現代不条理世界であった。リアリズム戯曲という演劇的体制への革命の狼煙が清水邦夫によって秘かに立ち上げられたのである。

2　詩的タイトル

清水はまず、三作目の「明日そこに花を挿そうよ」（『早稲田演劇』第六号一九五九年、劇団青俳初演、一九六〇年七月）から体言止めではない独特の〈語句〉を掲げた詩的タイトルを登場させる。これは新時代の到来を告げたものであった。

わたくしは戯曲のタイトルの変化を構造の変化と関連付けてみている。たとえば江戸期の歌舞伎の外題は五文字や七文字の奇数（「義経千本櫻」「東海道四谷怪談」「助六由縁江戸櫻」）で体言止め。これはたしかに響きもよく、坐りもいいが、内容が明らかになる合理的なタイトルではない。この外題に拘っているかぎり近代戯曲への道は拓けないといっていいだろう。明治期の黙阿弥がそれを如実に示している。彼は新しい社会を描こうと努力したが、初めての活字脚本も「霜夜鐘十字辻筮《シモヨノカネジュウジノツジウラ》」であったし、「東京日新聞《トウキョウニチニチシンブン》」等は実際の東京日々新聞から日を一つ取って五文字外題にした。逍遥も近代的ドラマの登場をめざしたがやはり歌舞伎風外題にこだわり「桐一葉《キリヒトハ》」は奇数で内容は把握できない。個性的な「大いに笑う淀君」を書いたのは〈大正期〉に入ってからである。鷗外の「日蓮上人辻説法」は奇数でいかにも歌舞伎調だが、若干内容のわかるタイトルになっているし、透谷の「蓬莱曲」は奇数だが、むしろ象徴的で歌舞伎とは異なる［注3］。明治期の戯曲のタイトルは前近代から近代へと抜け出ようとする試みの途上であったと言っていいだろう。

新しい現代演劇運動が興って以降のタイトルと構造の転換は郡虎彦の「腐敗すべからざる狂人」（一九一一年）が初めではないかと推測している。ロベスピエールとダントンが登場する革命劇で、こうしたタイトルが登場したのはロマン・ロランの革命戯曲の影響下にあったからだと思われる。

その後は一九二八年以降の革命的演劇運動の時代にはアヴァンギャルドな構造とタイトルは常態となり［注4］、現実の反映重視のリアリズム演劇時代に入ると内容を明確に表現した体言止めが多くなり、戦後まで連続する［注5］。

戦後の構造とタイトルの大きな転換は清水より一年早い安部公房の「幽霊はここにいる」あたりからかもしれない。安部公房の戯曲史の位置付けについては『20世紀の戯曲 Ⅱ』の序論及び当該頁を参照されたいが、しかしこのタイトルは郡虎彦などのものと比較すると穏当な印象を受ける。それに比して清水邦夫のタイトルは呼び掛け調で、何となく抽象的である。わたくしたちは〈何となく〉リアリズム表現への反旗を翻しているのが分かるだけだったが、このあとタイトルは言語矛盾や既存の言語使用法をあきらかに拒否するそれへと進む。リアリズム戯曲への明確な反乱であろう。

「あの日たち」（66年）、「真情あふるる軽薄さ」（68年）、「想い出の日本一万年」（70年）、「ぼくらが非情の大河をくだる時」（72年、岸田戯曲賞）、「花飾りも帯もない氷山よ」（76年）、「火のようにさみしい姉がいて」（78年）、「戯曲冒険小説」（79年、芸術選奨新人賞）、「あらかじめ失われた恋人たちよ――劇篇――」（81年）等々……。既成戯曲のイメージは一新される。六〇年代演劇はかように新しい劇世界を構築していくのである。

早大卒業後、岩波映画社に就職した清水は六〇年安保闘争に岩波労組として参加した。関係の不条理は政治を抱え込み、過去の記憶と行為が現在を侵食するドラマへと戯曲世界は重層性を帯びはじめる。清水は、個人的な記憶を直接ドラマに書くなどという次元の低いことはしないが、一種の教養小説のように、己れの生の時間を戯曲に刻み込む。従って彼の物理的時間の増幅は戯曲の誕生に大いなる影を落とし、時代の思想が色濃く塗り込められる。ゆえに戦後の若者のアウトローの、しかし何かしたいという希望とそれが形にならない怒り、新左翼の瓦解と挫折、政治の季節の終焉と近代家族の崩壊、そして男と女の愛の絶望的な関係……等々がドラマに順次登場するようになるのも時代の必然であった。リアリズム戯曲でなくとも時代や人間が表象できることを清水戯曲は証明したように思われる。

清水邦夫の登場に重要な役割をはたした演出家――同時にそれは自身の存在の主張でもあったが――蜷川幸雄は六〇年に青俳が初演した「明日そこへ花を挿そうよ」について次のように発言していた[注6]。

ぼくはあの戯曲は、ウェスカーとかオズボーンとかイギリスの怒れる若者たちとの潮流でよんでいるんだよね。映画における「新しい波」と戯曲における「怒れる若者たち」、そういう潮流と同じものを初めてぼくらがつかんだと、そういう新しい戯曲であり、新しい青年像なんだと思ったわけね。

引揚者寮が舞台の、戦争を引きずっている二家族のどうにもならない戦後の日常。ガラスのような少女と若者たち、彼ら兄弟は言語化できない怒りを抱えている。未来が見えないからだ。理由なき不条理な殺人、そこには入口もなく出口も見えない。たしかに新しい若者の登場であった。

清水と蜷川コンビを演劇史に残した「真情あふるる軽薄さ」は映画館で上演された（一九六九年）。これは異例のことであった。若者たちの演劇集団（現代人劇場）の出現と行列の芝居の上演、確実に時代は回り始めていた。

清水は言う、「映画会社に入って、人間ドラマつくろうと思ったら、人間がでてこない。ＰＲ映画なんだよ。（略）物とか場所とか人間のかかわり方、熱い関係から、もうひとつ見えない貌が見えてきた（略）それまでは人間中心のドラマをつくろうとしていて、ということは、大体登場人物たちの戸籍づくり指向に走る（略）場所が横から入って突きくずしたっていう感じ［注7］」と。

倉橋健にリアリズム演劇の創造方法を清水と蜷川は学び、蜷川はそれを演出に役立てたが、清水はＰＲ映画を作りながらそれを超える方途を獲得したのだった。

戸籍づくりのない家族劇を見ていこう。

3　「狂人なおもて往生をとぐ」（三幕二場）

一幕は「夕闇が濃い」時、二幕は「別の夜」、三幕一場「十五分後。もはや深夜」、二場「次の朝」。舞台は「部屋。椅子、長椅子、調度品など。〈ありふれた椅子や調度品をしつらえてもいいのだが、この際思い切って省略し、床に程よい〈穴〉三つだけというのはどうだろう。ついでに左右の二つの出入口も〈穴〉。出入口は便宜上名称があった方がいいので、左の穴の方をキ穴、右の方をク穴と呼ぼうか。〉」という状態。

このト書きをみてもわかるように非リアルな抽象的な舞台が望まれている。何もない空間に穴三つと左右に二つというのは、いうまでもなく人の頸から上、顔と頭――つまり頭部を指す。鼻の穴は……？　という疑問には鼻と口とつながっているから、あるいは鼻の穴は共有する空間が異なるからで、顔は上を向いて眠っている状態なのだ。

ドラマは頭の中の話、つまり想像とか瞑想とか夢とか……の形而上的な話なのである。

狂った息子、出《いずる》のために父母弟妹が娼婦の館の住人を演じている。これは息子出の頭の中に生じている錯乱と同じ状況を再現するドラマである。〈現実の再現〉という近代以降のドラマの時間を〈頭の中の再現〉に置き換えた。しかし現実とは異なり頭の中の再現は困難が伴う。なぜならそれを認識している存在は出ひとりであるからだ。

出は両親や弟妹からなる家族を淫売宿に居る娼婦と客としか見ない。たとえば、善一郎は大学教授で父なのだが中年の客で大学の守衛、毎晩「よく金が続くな」「淫売宿通いも程々にしろ」と忠告するように……。

出は家をピンクの照明で飾ることを望み、それを善一郎が設営しているところで幕が開く。善一郎は出を通常の感性に戻すべく無駄な語り掛けをする。（引用の人名は頭文字のみ）

善　きみは客と言うけれど、年齢かっこうから言っても、きみの父親ぐらいだし。（略）このわたしに父親のような親愛の情を示してくれてもいいと思うがね（以下略）

出　次には、あの女をおふくろだと思えだろう、いい加減にしろ。

善　いたちごっこさ、きみの脱出騒ぎとね。（親しみをこめて）きみ程の若さなら何も五十女のヒモになること、ないじゃないか。

出　余計なお世話だ。近頃あの女と寝ないんで気をまわしているんだろう。

善　まあね。

夫婦の性行為を売春と見ている息子出は母の愛から逃げることを計画している。しかしいつも脱出は失敗する。

出　よせったら、ま、話そうじゃないかと口癖のように言う奴とは話したくない。あの女がこないうちに行こう。会うと気がにぶる。優しすぎる。うんざりする程優しすぎる。あんたの事を反吐が出る程きらいだと言ってたぜ。

善　そうかね。でも金を払えば優しくしてくれる女だ。

出　あの女の悪口はよせ。……愛している。俺は愛している。あれはまさしく娼婦だ。（首をふり）今のままでは互いに身の破滅だ。俺達の関係を美しい想い出に塗り込めなくては……そうだ、童謡の世界に。彼女は草の葉、俺は赤トンボ。

妹の愛子が帰宅する。出にとっては愛子は通いの娼婦だ。出は「此処へはもう通ってこない」ように愛子にいつも言っている。

出　なぜ、俺の忠告を無視する。信用してないんだな。

愛　あなた、あたしと一緒に逃げてくれる？

出　どこへ。
愛　どこへでも。二人で蒸発。
出　くたばるのか。
愛　ううん、生きるため。
善　よしなさい。彼にはママという女がいるんじゃないか。
愛　簡単よ。ママを捨てればいい。
出　ママを捨てろだって？　捨て猫みたいにか。
善　無理だよ。彼には出来ない相談だ。
愛　そんなにママを愛しているの。
出　畜生、俺を見くびってやがる。あの女から離れられないと思ってるな。

出にはママだけが心を許せる人間だ。彼は時々子供にかえる。乳離れできない不安からママの「胸をまさぐり出」したりする。弟の敬二は淫売宿ゲームに参加しない。家族を兄弟を主張する。家庭が淫売宿という発想は、現在ではそれほどトッピなものではない。セックスサービスを男に提供する場と考えれば同じである。持ってくるものが給料か遊興費かの違いだけだ。妻（主婦）と娼婦との絶対的な違いは子供の存在だろう。しかしこの家族のように子供が二十歳を過ぎ成人すると、そこにいる人々は一組の性関係可能家族と不可能家族とに分けられる。それはまさに出の幻想のようにセックスを求めて来る人になってしまうのだ。ママはなのセリフのように「毎日通ってきてくれるお客なんてほかに」なく、「彼が来なくなったら、わたし達生活に困る」のであるから。

二幕、敬二の恋人が訪れ彼らは家族ごっこを始める。それは現実のこの一家族の過去のある日の再現になっていく。その日、敬二は学習塾へ行っていた。パパは夢遊病者のようだった。出は大学三年生、パパは皆で紅茶を飲もうという。紅茶を飲んだみんな、一番初めに苦しみだしたのは長女、次は長男、そしてパパ、ママ。一家心中だった。敬二が戻ってきたとき、みんなは苦しんでいた。彼は医者に報せた。

はな　あの時、みんな死ねばよかった。それが一番よかったのよ……。

過去の再現は争いを招き、訳のわからないめぐみは出の頭をお盆でたたく。瞬時、過去の記憶がよぎって発作がおきる。

出　僕は決してパパを責めたりしてるんじゃないんだ……僕は今でもパパを愛している。今だって、パパに気に入られるように一所懸命やって来たじゃないか（略）パパは砂糖とストリキニーネとうっかり間違えたんだ。そうに決まっている。パパが僕達を殺すなんて、そんな事があってたまるか……

三幕の一場、出の発作は治まり、パパの過去が浮かび上がる。教育学者のパパは道徳教育の復活に反対し大学内で孤立した。そして事件が起きた。

善　ある日、ある時、電車の中。わたしはひどく疲れていた。なにが起こったかわからない。気がついたとき、傍の可愛い女学生が、わたしの手をつかんで叫んでいた。この人、ひどいんです。さつきからわたしに触るんです。痴漢です。

敬二の恋人めぐみは、ごっこ遊びと現実がごちゃごちゃになって婚約解消を叫ぶ。心中未遂はこの結果起きた。

はな　わたしははっきりいわせてもらいます。子ども達もいけないわ、パパにもっと優しくしてあげるべきだった。

出　自己批判か。

はな　ええ、自己批判よ。子ども達はてんでんばらばら。自分勝手。

愛　それはパパの教育方針。

善　個を確立せよ。背骨のある人間だれ。（略）きみはその教訓をちゃんと生かしたじゃないか。大学も行かずに調理師学校。

敬　大学なんて糞食らえ。ポリ公の棍棒で頭を殴られて狂うなんて真平だ。

出は学生運動で、機動隊に殴られ頭がおかしくなったのだ。めぐみという了解されない異分子の侵入は、この家族の過去の再現に亀裂が入る。愛子と出は互いに引き寄せられて抱擁し、「たとえ事実をゆがめても真実をゆがめることなく」兄と妹は互いを求め合う。しかしそこに性行為があったかどうかは不明。おそらく接吻だけだろう。はなのセリフに「あの子と愛子が接吻しているなんて」があり、しかしその後は彼らの秩序内の推測だ。子供たち、彼らは秩序を捨てて自由になったのだ。敬二、ゲームに参加することを拒否してきた彼が、恋人を殺した。しかしこれは殺してきたと言っただけで、それが「事実」かどうかは不明。敬二が彼女と結婚しないことだけは「真実」だ。

出と愛子と敬二は、かつて子供だった頃に三人で遊んだように「俺たちは哀願しない。哀願しないぞ。対決だ……対決の時が来たんだ。ピクニックの用意を忘れるな」……出を先頭にして愛子と敬二の三人は、「朝の光あふるる〈窓〉」から消える。彼らは父と母との遊びの家から、秩序から飛び出して自由を求めて旅立ったのだ。彼らの世界を見つけるために……。

これは中村雄二郎が言ったような「危殆に瀕した家庭を崩壊から守るため」の「家族ごっこ」のドラマではない[注8]。ハロルド・ピンターの「家族＝娼家の二重性を錯綜した人間関係のうちに描いた」「ホーム・カミング」(一九六五年)の「原型的単純さ」を持つドラマでもない。

秩序や権力に屈した若者たちではあるが、未だ未来に絶望していない、見えない未来を期待している、そういう若者たちの青春ドラマである。彼らは「朝の光あふるる〈窓〉」から出ていくのだ。子供たちを抱擁する親たちの理解を超える世界があることの手応えを描いている。これこそが一九六九年という現代演劇運動の画期的な時代の夜明けにふさわしい。

作家紹介■清水邦夫（一九三六・一一・一七〜　）

新潟県新井市に生まれる。父は警察官であった。早稲田大学卒業後岩波映画社へ。在学中の「署名人」で早稲田演劇賞を受賞。倉橋健から劇団青俳を紹介され、そこに戯曲を書いて蜷川幸雄や、のちに演劇仲間となる人々と知り合う。劇団民藝にいた女優松本典子と演劇集団木冬社を一九七六年旗揚げ（第一回公演「夜よおれを叫びと逆毛で充す青春の夜よ」清水作・演出、紀伊國屋演劇賞）、以後この集団で清水戯曲は初演される。

本文でも記したが清水の戯曲は現在と過去の青春を描いているとわたくしは考えている。その青春も単線ではなく、かなり曲線だ。そしてドラマ全体が乾いているようでどっぷりと湿っている。おそらくかなり湿った全体を乾いたトーンにしているのは松本典子の存在で、この女優の朗唱技術（声も演技も）がなければ清水戯曲の深淵さは表現できなかったとみている。

歴史上の人物を題材にしてもそこでは通常の歴史劇は再現されない。彼らの青春や愛や苦悩が現在時間で問いなおされる。しかもその問い直しは、まさにリリーディングで最先端を行く学問的成果を取り込んでいる。たとえば「哄笑――智恵子、ゼームス坂病院にて」（一九九一年初演）は高村光太郎と智恵子という芸術家夫婦の愛を描いているのだが、八〇年代以降のフェミニズム批評の成果を着実に踏まえた傑作である。美しい愛の見本といわれた「智恵子抄」の世界が、実は光太郎のエゴイズムと智恵子の哀しみから成立していたことを軽快な笑いで取り囲むようにして描いた。そこには氷のような寂しさ、悲しさ、そして喜びがある。その創造の泉が枯渇することなく続いている稀有な劇作家である。現在多摩美術大学教授。「幻に心もそぞろ狂おしのわれら将門」（75）、「楽屋」（77）、「わが魂は輝く水なり」（泉鏡花賞）「青春の砂のなんと早く」（80）、「なぜか青春時代」（87）、「弟よ――姉乙女から坂本竜馬への伝言」（90、テアトロ演劇賞、芸術選奨文部大臣賞）。「冬の馬」（92）、「愛の森」（95）、「恋する人びと――軍部とダンディズム」（00）等々。

［注］

1　日本近代演劇史研究会編『20世紀の戯曲　Ⅱ　現代戯曲の展開』（社会評論社二〇〇二年七月）所収（393～400頁）。原題　清水邦夫「狂人なおもて往生をとぐ――昔　僕達は愛した――」、初出『テアトロ』一九六九年（S44）三月号、初演　劇団俳優座　一九六九年（S44）三月　俳優座劇場、参考文献　清水邦夫著『清水邦夫全仕事』全五冊（河出書房新社一九九二～二〇〇〇年）、E・ショーター著『近代家族の形成』昭和堂一九八七年一二月、『清水邦夫の世界』白水社一九八二年五月、岩崎正也「清水邦夫の『火のようにさみしい姉がいて』」『長野大学紀要』66号一九九六年三月、70号一九九七年三月。

本論を収めた『20世紀の戯曲』は、執筆者が一人の劇作家の「作品論と作家紹介」を決まった書式・枚数で記述した三巻本で、本論を収めた第二巻は敗戦後から始まっている。三冊全体を読むと明治以降二〇〇〇年までの日本演劇史が劇作家の新しい戯曲の登場と共に理解できるように編集されている。初出本に記した〈作家紹介〉は、第一章の最後に入れる。異質感は否めないが、原則として初出時の論を入れることにしているから、そのまま最後に入れた。次章以降に続くわたくしの清水邦夫に向かう姿勢を理解する参考になれば幸いだ。

2 『清水邦夫全仕事』河出書房新社　一九九二年六月445頁、本論の清水文ならびに作品の引用は『全仕事』による。

3 五七五と日本人について川本晧嗣が「七五調のリズム論」(『文学の方法』東京大学出版会一九九六年四月)で興味深い論を提出している。「詩の韻律は、人為的・機械的に外から押しつけられた規範ではなく、むしろ無数の詩作が積み重ねられていく中で、その言語本来のリズムがおのずから、ある理想的な型を見出したものだといっていい(略)標準化の過程では、日本語なら日本語というひとつの言語にとって、もっとも快適な、もっとも据わりのよいリズムの型が、ごく自然に選ばれ、練り上げられ、そして定着していく(略)日本語の場合にはその最適の型が、もっぱら音の数だけを問題にするように見える、(略)「音数律」、なかでも七五調だったというわけです」(112〜113頁)

4 一九二八年に結成された左翼劇場の上演タイトル。「解放されたドン・キホーテ」「西部戦線異常なし」「スカートをはいたネロ」「やっぱり奴隷だ」「生きた新聞」など。日本演劇史については、『20世紀の戯曲　Ⅲ　現代戯曲の変貌』(社会評論社二〇〇五年)の序論・井上理恵執筆「演劇の100年」を参照されたい。

5 「正子とその職業」「二十六番館」「五稜郭血書」「夜明け前」「断層」「北東の風」「火山灰地」など。

6 「対談　出会いの場へ」『清水邦夫の世界』白水社一九八二年五月38頁

7 注6「前掲書」42頁

8 中村雄二郎「家族から劇的宇宙へ」注6「前掲書」17〜18頁

第二章

初期の戯曲（注1）

――「署名人」「明日そこに花を挿そうよ」「逆光線ゲーム」「あの日たち」

清水邦夫は、〈過去と現在の青春〉を描き出した劇作家だとわたくしは考えている。青春には恋愛と苦悩（あるいは挫折）が付き物だから清水はそれをさまざまな状況下で問い直してきた。その問い直し方が、清水の生きる現在時間でなされたから、一つ一つの青春の取り上げ方が新しかった。同時にそれは清水邦夫という劇作家の青春とかさなり、清水戯曲を演出する演出家の青春、演じる俳優の青春とも重なった。まさに〈今を生きる〉演劇であった。青春が書けなくなったとき、清水の新作戯曲はなくなった。こんな仮説がわたくしにはある。

清水邦夫については何度も書いてきたから部分的に重複せざるをえないが、本稿ではこうした仮説のもとで初期作品について検討し、清水の描いた青春の形に注目してみたい。

1 「署名人」

大学の演劇部にいた清水の兄は、清水が初めて戯曲を書こうとしたとき、恋愛ものは止めろと忠告したらしい（「磨り硝子ごしの風景I」445頁［注2］）。たしかに一九五八年の早稲田大学演劇博物館戯曲公募に応募して当選した第一作「署名人」は、恋愛物ではない。が、政治の表と裏に生きる若い男たちの屈折した青春を描いている。若い男の青春が出発であった。

「署名人」については既に書いたことがある［注3］。ここに登場する青年たちの青春は、不条理にがんじがらめにされた青春で恐ろしい。簡単に筋にふれよう。明治期の反体制運動をしている活動家が讒謗律に触れたとき、活動家に代わって監獄に入る仕事をする男がいた。これが署名人だ。新聞や雑誌の署名人の名前を活動家とは別の人の名前にすることだった。これは実際にあった話で、清水は伊藤痴遊の『明治維新秘話』［注4］から題材を得たらしい。国会開設前の自由民権運動が盛んなときに登場したという。今でも似たような逮捕はある、上役の代わりに下っ端がつかまる話だ。しかしそれを商売にするというのはさすがにない。

舞台は明治一七年ごろに想定されている。国会開設願望書が出され、自由民権論と条約改正論が激しいときであった。集会条例の改悪に始まり、新聞紙条例、出版条例と改悪が続き、言論・表現の自由が侵され始めていた。丸山真男は明治一九年までに自由民権論者が一三〇名も検挙されたことをあげて、民権論者も「外に紛争を起して内を改革するという点で、征韓論の踏襲である。彼らが民権をなおざりにして帝国主義者に転じていった一つの根拠が、やはりここにある。［注5］（「自由民権論におけるナショナリズム」）と言った。あとでセリフを引くが、清水の「署名人」に登場する民権論者とおぼしき二人、赤井と松田も署名人井崎との対話の中でそんな雰囲気が出てくる（セリフ中、ゴチックで表示）。

さて、署名人の井崎が監獄に入ったところから舞台ははじまる。やくざな井崎が讒謗律で入ってきたというと、先客の二人、彼らはホントの讒謗律の囚人だったから驚く。その一人赤井はいう、「噂によると、文才のたつ憂国の志士達の身代りに監獄行きを稼業とするとか」、井崎は、監獄で同房の旦那方と話をしている間に、あるいは鼾をかいて寝ている間に「あっしは稼いでいる」んですと応える。ところが今回は違った。同房の男たちが脱獄を考えていて、準備がちゃくちゃくと進んでいるところに入ってしまったからだ。静かに計画を練っていた男たちにとっても闖入者井崎は邪魔者であった。

狭い房で三人の関係が描かれるわけだが、当初はあっけらかんとした井崎が堂々としていて優位な立場にある。それが脱獄の計画がわかりそれに乗るか否かの話になったとき、刻々とその力関係が変化する。導入部に獄吏の長・閣下のいなくなった愛猫が大欅に登って下りられない話が出てくる。どうしたら命を助けられるかで大騒ぎをしている獄吏たちの様子は、のちに明らかになる井崎の命との比較で面白い伏線になっている。閣下が猫を諦めたとき、猫は落ちて死ぬ。権力と命は密接なかかわりがあることを何気なく清水は指摘しているのだろう。

松田　あの男が此処へ入ってから半日。たったそれだけの間にこの部屋の空気が無残に打ち砕かれてしまったわ。**いまいましい土百姓め！**　奴の言い草はどうだ。実にこちらを苛立たせやがる。それにあの打合せも出来ん。

赤井　（独り言のように）この壁というやつが妙に厚く感ずる。そして外の慌しい政争がふと俺の頭から消える時がある。今の短い一時を考えてもみたまえ、猫一匹がこの室の全神経を攫ったではないか。滑稽なくらいだ。そしてあの男ときたら、不吉な程陽気に出来ている。

（略）

赤井　（目で制し）無論あくまで断行だ。しなければならない仕事が冷やかな目付きをして俺を待っている。暴虐堕落の中心人物を数人抹殺する、それが俺と貴公の使命というものだ。今の世に殺し合いはもう野蛮な風習に過ぎん。が、事を早く成就せんがため、仕方なく……やるのだ。疑ってくれるな、俺の行動を。しかしだ。何の罪もない獄吏を殺害することに、俺は疑念をはさむのだ。それも目的のためには必要とは知りながらも……

松田　無論、われわれは殺人鬼じゃない。**われわれは改革者だ。その誇りと権威とで小を抹殺するのだ。**俺の手は血で汚れてしまった。こうなれば後はその手を振りかざして突進だ！　最後のものを摑む迄あまり感傷にこだわらぬが一番だ！

（略）

赤井　待て。俺は唯冷静になろうと思っているんだ。（略）最初の計画では、同房者は行動を共にさせるか、あるいは殺害するかのいずれかにするつもりだった……。ところがあの署名人の言動は何故かわれわれを苛立たせる。あの男は脱獄する意志もなければその必要もない。しかも二年監獄にいれば儲かるのだ。といって……殺すのも躊躇される。
松田　馬鹿を言え。殺すのだ。**虫けらのような男だ**。
赤井　俺も虫ずが走るくらいの嫌悪感を持っている。しかし、あの男は何かの場合、何かの点で、われわれよりも……下手をするとわれわれが逆に利用されてしまいそうな……
松田　貴公はどうかしている。それが有名な赤井の言葉か。あの男は**虫けら一匹殺せない腑抜け**ではないか。
赤井　俺にはあの男が虫一匹殺せないところが、恐いのだ。
松田　馬鹿な！　殺すんだ！　殺せばすむことなんだ！（17〜18頁）

こうして井崎の気楽な青春はどうしようもない不条理性に翻弄されることになる。あっけれらかんの青春は、突然生きるか死ぬかの重大問題になり修羅場と化す。〈公〉の行動の前には卑小な〈個〉は抹殺されていいのか。清水はそれを問うている。〈個〉〈民〉は常に抹殺され、〈公〉が優先されてきた。丸山の指摘する民権運動家の帝国主義者と同じ行為の根はここにもある。〈民〉の権利が本来優先されるべきであったが、そうではなかったのだ。ここには今もわたくしたちに突きつけられている問題がある。戦後の新・憲法下に生きるわたくしたちも体制・反体制を問わず、〈個〉より〈公〉を間々強いられるからである。

他方、井崎の登場はこの房にいた赤井の心の変化も生む。偶然同房になった三人の生・青春が互いに影響を与えだして互いにがんじがらめになるのだ。これはドラマトゥルギーの問題としても非常に興味深いものがある。紀元前のアリストテレス以来、劇作家が悩みぬいた戯曲創造の鍵を清水は第一作で難なくクリアーしてしまったことを示す。

井崎　へっへっへ。脱獄計画には一体何人殺す事になっているんでやす。

　　　赤井相手にせず。

松田　（噛みつくように）貴様を入れて三人だ。

井崎　旦那、一人も殺さねえで出る方法がありやすぜ。しかも安全で確実な方法が。（略）**旦那の方の都合で、側にいる何の罪もねえ、掛かり合いのねえ人間が殺される**なんて、考えてもみてごらんなせえ、地獄にも落ちるってやり方でさ。

赤井　もういい。それ以上喋るな。（略）万が一、われわれが脱獄するような事態が起っても貴公は恐らくわれわれと一緒に逃げないだろう。残っていれば拷問にかけられる。殺されるのは無論厭だ。貴公にしてみれば三人このままで二年間過ぎるのが最上の訳だ。われわれは貴公に何も迷惑をかけたくない。無論他の者にもそうだ。だが考えてもみてくれ、若しわれわれが脱獄を企てているとしたら何のためにそんな危険を敢えて犯すのだ。（略）われわれはもう立憲政体を創り出す戦いに生命を投じたのだ。維新の詔勅に照合しても疑念をはさむ余地のない立派な政治体制だ。ところが今の藩閥政府をみよ、私利私欲のため、頑迷にも立憲運動を圧迫する。鬼の手下共をあまた使ってな。われ等は世人の眠りを醒ますのが改革の第一歩だと信じ、大臣、参議の暗殺計画を企てた。事前にそれは洩れ、俺は首謀者として捕らえられた。俺は失敗したのだ。しかも俺の仕事は未だ終っていない。（略）署名人、貴公は幸か不幸か俺に一つの反省を促した。（略）暗殺は残酷なものだ、殺人は如何なる理由にせよ、野蛮な非人間的な仕業だという事をな。

松田　どうしたのだ。少し臆病になり過ぎている。

赤井　臆病になったかも知れん。それだけ余計勇気がいるというもんだ。（略）いいか、俺はこれからでも**目的のために人を殺す**。それは確かだ。その不正なる事を承知していながらそれを犯すのだ。**改革には不可避なのだ**。いつの世にも、これから後の文明の進んだ世にも……。

（23～24頁）

こうして三人の交渉が始まる。共に行動するか、殺されるか、井崎は選択しなければならない。これまで損か得かの二者択一の中でしか生きてこなかった井崎は、その範囲をはるかに凌駕する問題に結論を出せなくて判断に迷う。「今度という今度は損得がまるっきり分らねえ」（27頁）といって、考えられる範囲内でいくつかの提案をする井崎は、大欅に登って降りてこられなくなった猫の命を無性に気にする。木を切って猫を助けるか、猫が落ちて死ぬのを待つか。それは井崎の生か死かの選択とオーバーラップするからだ。迷いぬいて井崎は、「あっしにはやっと損得の境がはっきり見えてきたようですぜ。元来あっしは人殺し以外何でもやれる男なんで。そのあっしが人殺しも平気になりゃ……」（30頁）と結論をだす。これまで人を信じたことのない井崎が信じなければいてもたってもいられないといって、命を助けるという彼らの言葉を信じることにした。獄吏が猫の死を伝える。

獄吏二　いや、貴公が妙に気にしていたから伝えておくが……実はたった今猫は木から落ちて死んだ。
井崎　猫……ああ猫ね。
獄吏二　ちょっと可哀想なことだったが。
井崎　……そうですかい、死にましたかい。
獄吏二退場。沈黙。（31頁）

井崎は気が変わる。「やっぱりあっしは先に死ぬべきで。イの一番にころされるべきでやす」と。この後蝋燭の日が消えたあと、暗黒の中「悲鳴とも哄笑ともつかぬ人間の音が――」というト書きでこの戯曲は終わる。

ここで殺されたのは井崎か、獄吏か、それはわからない。不条理の闇に葬られた青春がさびしく舞台に漂い、観ているものたちにゾッとする寒さを誘う。

2　「明日そこに花を挿そうよ」

清水は「署名人」で不条理な状況下、自由に青春を生きることの出来なかった若者の決断を描いた。そして政治行動とはその不条理性を内包するものであることも明らかにしたように思われる。自分について語っているエッセー「磨り硝子ごしの風景　Ⅰ」の中で、デビュー作とその上演、その後の演劇状況の変化について次のように記している。

『署名人』は二年後には、劇団青俳によって上演された。演出は倉橋健先生と兼八善兼氏。装置は朝倉摂氏。（略）早稲田演劇賞を受賞した。またテアトロの佳作にも入った。この作品によって倉橋健先生（当時早大文学部教授）の知己をえた。（略）先生は劇団青俳を紹介してくださり、それによって蜷川幸雄と知り合うようになった。蜷川は（略）劇団との連絡係になり、わたしを鼓舞し、『明日そこに……』を書かせた。（445～446頁）

倉橋健は、「清水君の『署名人』を読んだぼくはびっくりしてしまった。安部公房の『制服』が発表されて三年しかたたない時である。こんな戯曲を書く、書ける青年がいるのかという驚きであった。［注6］」と言い、当時劇団青俳の文芸演出部の中心にいた倉橋が清水に作品を委嘱するよう劇団に推薦して上に引いた清水と蜷川の出会いとなる。清水はこのとき卒業論文を書いている時で、劇団青俳用の「明日そこに花を挿そうよ」とテネシー・ウイリアムズの卒論の話で二人のこの年は明けくれたとも倉橋は書いている。清水は一九五八年に「署名人」を書いた後、同じ年「朝に死す」を同人誌に発表（のち『テアトロ』一九六五年一一月号掲載）、「明日そこに花を挿そうよ」（一九五九年、翌年『早稲田演劇』第6号に掲載）、「逆光線ゲーム」（一九六二年）、「あの日たち」（一九六六年）、「真情あふるる軽薄さ」（一九六八年）、「狂人なおもて往生をとぐ」（一九六九年）を書いて、小劇場演劇全盛時代となる七〇年代へと飛び込んでいく。この初期作品のうち、「真情あふるる軽薄さ」は劇団青俳の研究生で俳優志望であった蜷川が初めて演出をした作品で、行列の芝居、映画上映終了後に映画館（新宿アートシアター）で上演された芝居などといわれて有名になる。近年蜷川演出で再演された。ここでは紙幅の都合もあり、「明日そこに花を挿そうよ」「逆光線ゲーム」と「あの日たち」をこのあと取り上げる。

はじめに劇団青俳で一九六〇年七月に初演された「明日そこに花を挿そうよ」に触れたい。

倉橋は先に引いた「出会い」で、この作品の上演に関する劇団内部の反対について書いている。

『明日……』の上演に際しては、劇団内部で意見の対立があり、賛成派は少数であった。これに関して清水君は後年、蜷川君との対談のなかで、「最初の『明日そこへ……』がそういう状態だったもので、それからずっと、ぼくの作品は少数の支持者しかいないいんじゃないかという不安が、後遺症としてつづいている」と語っているが、その点ではすまないことだったと思っている。しかし一方、おなじ年の十一月に青俳が上演した『署名人』のプログラムのなかで清水君は、「（このドラマにおける）私のささやかな試みは、人間が自己を決定するのに、対人間を通して常に書き加え、消し、また新しく書き加えてゆく過程を追求することである」と述べているから、劇作家としての生長の一つの〈過程〉として考えれば、あるいはあれはあれでよかったのではないかとも思っている。〔注7〕（76頁）

小数の賛成で上演が決まったという公演のなりたちは、この公演が劇団青俳特別公演と名付けられているのでも理解される。反対の多かった理由をわたくしなりに推測すると、その頃の劇団青俳は、安部公房の「制服」「快速船」、大橋喜一の「楠三吉の青春」、宮本研の「反応工程」などを上演していた。当時の新劇の主流であるリアリズム演劇路線を歩いていて、どうじにそれは反体制的な思想を内包する戯曲の上演を是とする集団であったといっていい。清水の「明日そこに花を挿そうよ」は、以下で見ていくと分るようにリアリズム戯曲から遠くはなれているわけではないが、反体制的な強い姿勢が見出せない。未来的な展望もない。青年たちの怒りやもがきはわかるが、それも明確でなく混沌としている。

闘いが判りやすく描かれている宮本研の「反応工程」などと比較すると、よくわかる。これが、反対の理由であったのではないか……。

いつ劇団で討議されたか詳らかではないが、一九五九年に脱稿しているから、その年の終わりか、あるいは翌年の早い時期だろう。反体制陣営は六〇年安保反対の勝利へ向けて進んでいた。そんな中ではこの戯曲の訴えるものは弱かったのだと思われる。

清水が時代に敏感でなかったといっているのではない。この戯曲を書いて、翌一九六〇年三月早稲田を卒業し岩波映画に入社、企画脚本部に所属した清水は、なかば強制的に労組の一員として安保反対闘争に参加する。「おかしな会社だな」と思ったが、「ふたたび学生へ逆戻りしたような気分になり、いろいろとデモに参加し」権力に殺された「樺美智子さんの死の時には、五十メートルぐらいの近くにいた。」(「磨り硝子ごしの風景 I」447頁)と記述しているのを読むと清水の立つ位置が推測できるからだ。

「明日そこに花を挿そうよ」の場の設定は二世帯が一緒に暮らす引揚者寮だ。一九五九年という現実が、色濃く戦争を引きずっていた時代であったことがわかる。この場所の設定について清水は蜷川との白水社版の対談で「場所ということにおいてはヨクがなかった」「引揚者寮なんて登場人物によりそいすぎる」（43頁）と語った。場所が人を捉えると飛べなくなるからだ。この場所についてはあとでまた触れることになる。この公演では賛成派が出演したのだろう、兄の灸が木村功、弟の右太が蜷川幸雄であった。

階上に住むお米は病気で寝たきりの娘チー子を抱えて石炭を運ぶ貨車から構内に落ちる石炭を拾い、それを金に代えて生活している。階下に住む修造には灸と右太の息子がいる。修造は満州時代の裕福な生活が忘れられなくて働きもせずぶらぶらしている。石炭拾いを軽蔑していて、十九歳の息子灸に酒代を出せと騒ぎ、もう一旗あげようともがいている父親だ。十代の最後にいる灸も二階に住む病気のチー子も灸の弟右太も未来は混沌としている。現状打破の出口も未来の入り口も見出せない、そんな青春の中にいる。それでも彼らは自身の青春を生きなければならないから、怒り、もがく。日本の敗戦後という現実、どうしようもない日常をどのように打ち破ればいいのか、見当もつかない大人たち。そんな人々が登場する。が、残念ながら筋に追われて空回りしている感がある。

最後はあっけない。灸の架空の話が現実になる。ナイフを持っている灸に向かって父の修造が突進するのだ。ト書きと最後のセリフを引こう。

突然、倒れるように灸に跳びかかる。するとまるで灸の虚偽の話そのままに、修造は灸が前に突きだしていたナイフに腹を刺され、崩れ落ちる。

灸、起こった事態がよく呑みこめない。

右太、ギターを引き続ける。お米、驚愕して修造を抱く。（ト書き　97頁）

灸　（頭をふる）なにがどうなったんだ。……誰が死んだんだ、親父かい、それとも……それとも。
　　階下のギター鳴り続く。
チー子　おーい、どうしたの、ひどく静かじゃない……いないの、みんな。……かなりやは埋めたんだろうね。墓はなんにした……石だけ？　石じゃあんまり可哀そうじゃない。ねえ、明日そこに……花を挿そうよ。
　　暗くなる　（98頁）

蜷川は清水との一九八二年の白水社版の対談で「ぼくはあの戯曲は、ウェスカーとかオズボーンとかイギリスの怒れる若者たちとの潮流で読んでいるんだよね。映画における『新しい波』と戯曲における『怒れる若者たち』そういう潮流と同じものを初めてぼくらがつかんだと、そういう新しい戯曲であり、新しい青年像なんだと思ったわけね。それは絶対やらなきゃいけないって言ったんだけど、劇団総会で圧倒的少数派だったのね、清水の作品をやるっていうのは［注8］」と、清水のこの戯曲を怒れる若者たちの系列に置いている。一九五九年一二月にオズボーンの「怒りをこめてふりかえれ」（青木範夫訳　原書房）が初めて訳されている。ウェスカーの翻訳は、木村光一訳の『ウェスカー三部作』（晶文社一九六四年）が最初である。雑誌『新劇』で一九六二年に「三部作」の解釈について金丸十三男が記していた。

3　「逆光線ゲーム」と「あの日たち」

岩波映画社に勤めていた五年間、清水は、「逆光線ゲーム」（一九六二年）と「あの日たち」（一九六六年）しか書かなかった。シナリオは書いた。コマーシャル映画用の脚本「マヨネーズのつくり方」（キューピー食品）がはじめてのシナリオだそうで、その後羽仁進監督の映画シナリオを共同執筆し海外ロケにも行く。その帰りに一人でパリへ行き、「ユセット座でイオネスコの『禿の女歌手』を見た。観劇した芝居はこれ一本きりであった」と「磨りガラスごしの風景　I」（447頁）に書いている。いわゆるアンチ・テアトルの芝居を本場でみたことになる。「あの日たち」というタイトルは既にリアリズム戯曲から遠い。詩も登場する。これが清水邦夫の戯曲世界に入る入り口であったのかもしれない。

度々引いている蜷川との対談では「岩波映画というものが、戯曲を書いていく上でいろんな刺激を受けたところなんだよ。（略）人間ドラマをつくろうと思ったら、人間が出てこない。（略）造船の映画で、リベット打ちかなんかでパッと人間の手が出てきたり、マヨネーズの商品検査で人間の手が出てきたりすると、ものすごく新鮮だったりした。物とか場所とか人間のかかわり方、熱い関係から、もうひとつ人間の見えない線が見えてきたって感じだった」と清水は言う。コマーシャルをつくることで戯曲創作上の新しい切り込み方を体得したのだと推測される。言ってみればアバンギャルド体験をした。人間中心ドラマ、それを清水は「登場人物たちの戸籍づくり指向」と呼んでいるが、そういう書き方から「場所が横から入ってきて突きくずし」て〈リアリズム戯曲よ、さようなら〉ということになったのだろう。そういう観点でみると、「逆光線ゲーム」と「あの日たち」は「戸籍づくりを指向」し、かつ新しい歩みへ進む「場所」の主張、そんな何かのある戯曲、分岐点に位置し、岩波を辞めて初めて書いた「真情あふるる軽薄さ」は新しい清水戯曲の登場の始まりといえるのかもしれない。

「逆光線ゲーム」は過去と現在とが入り混じり、過去が現在を脅かす「オイディプス」のようなところのある戯曲だ。その意味では「戸籍づくり」は生きている。初演は一九六三年五月、劇団青俳の第一一回公演（俳優座劇場）で演出は観世栄夫。舞台は医院の診察室と待合室、そして医院の裏のうっそうたる植物園。舞台の指定は非常に写実的である。ト書きを引いてみよう。

この劇においては出入口が重要であろう。上手に二つ、下手に二つある。それぞれ似たりよったりのぶっきらぼうな造りであって、なにかしらガラスの城を思わせる。（略）道具としては待合室、診察室の適当な個所に椅子（診察室には回転椅子、待合室には飾りのない長椅子）があって欲しい。壁には医院らしい人体図、目の視力表など。（以下略）（101頁）

医者は元軍医で中国人捕虜の生体解剖を軍の命令でやったという過去を持つ。それを手伝った衛生兵がその幻影を拭い去れずに半ば狂い、半ば正気でこの事実を語りつぎ医者とその家族の日常を奪う。しかし医者は医院に住まわせている。医者は生体解剖の事実が町の人たちに知られると、その町を後にして引っ越してきた。つまり自身の過去に追われてたくさんの町をさまよい続けているわけだ。まさにオイディプスだ。しかし彼には自己批判の意識はない。軍医であったから外科手術の腕は抜群でどこへ行っても患者はと切れない。どこでも名医で通る。収入もある。つまり豊かな生活をこの一家は送ることができていた。

その父親に寄生している姉娘、彼女は毎日化粧をして夜になると元衛生兵の部屋に行く。植物の新種研究をする不能とおぼしき息子は毎日花の手入れ、その妻は看護婦でしかも医者の女、今も性関係がある。何年前かにミシンのセールスマンと消えた妹娘、足の手術をして入院している青年はコンガを始終たたいている。その他患者（源三）と若い男女が登場する。主要な登場人物に名前がない。名前で呼ばれるのは看護婦と妹娘と息子だけだ。ひとつの家族関係の中で下に位置するものが名前で呼ばれる。しかしそれが一般的な家庭の現実だ。非常にリアルである。

誰も現実の生活に満足していないが、何をしようという目的も意欲もない。ただ日が過ぎていく。倦怠と惰性の繰り返しだ。しかし医者の父親と看護婦は現実を生きていて仕事をこなし、家計を支えている。

家出をした妹娘が舞い戻ってくるところで舞台は始まる。平和に均衡を保っていた家族の何かが狂いだす。妹娘は駆け落ちした男とはすぐに別れて一人で生きていた。そしてお定まりのヘロイン依存。中毒患者になっていた。戦後の日本社会の現実がここにはある。妹娘は薬が欲しくて家に戻ってきた。医院には薬があるからだ。鍵の掛かった戸棚を上手に開けたのは入院しているコンガを叩く青年。どうやら彼は錠前を開ける名人らしい。彼は退院するとき一緒に一番電車でここを出ようと彼女を誘う。

妹娘のヘロイン中毒を父親が治し、この家のガンであった元衛生兵を妹娘が摘み取る。このあたりは話ができすぎているが、彼は薬を飲んで自殺する。死ぬ勇気を喚起したのは妹娘と月の光。そして役目を終わったように妹娘はまた、家を出て行く。彼女の再生だ。

植物園をもったこの医者の家は、患者を再生させるところであったが、家族を生き返らせることはできなかった。邪魔者が死んで初めて家族が生き返えられる可能性ができた。

外から来た娘が、自身の傷を癒し、同時に家族の大きな傷も癒して再生する。そんなドラマだ。ゲームとは繰り返し。しかしこの家のゲームは終わる。これから先はわからない。彼らの行く道は彼らが作る。若い劇作家清水邦夫に未来が見えていたように、この家の人たちにもひょっとすると再び青春が訪れるやも知れない。

「あの日たち」はまさに清水の語った「戸籍づくり指向」のドラマだ。おそらく清水はそれを逆手にとって書いたのではないか。新しいドラマ作りをはじめようとする清水が、岩波映画を辞める最後に書いた戯曲、それが書くのをやめようとした人間中心ドラマであったというのは意図的以外の何ものでもないだろう。しかし単純な人間ドラマではない。

ガス爆発で記憶を失った男たちがリハビリをしている施設が舞台だ。新しい女性の職員が採用される。彼女の過去は明らかにされない。ここで過去を問題にするのは記憶を失った患者たちで、自分の過去が不明であるからこそ、他者の戸籍調べに熱中する。新しい職員はなぜここにきたのか、それが入所者たちの当面の注目の的になる。妻や親類縁者が記憶を呼び覚まそうと定期的に訪れる。彼らは人の戸籍調べにしか興味はない。自分たちの過去は記憶にないから信じようとしない。自分たちには現在しかなく過去がないからだ。人は本当に過去がないと生きられないのだろうか、現在だけで生きることは不可能なのだろうか。そんなことをこのドラマは問いかけている。

たくさんの人たちの〈過去たち〉、それが「あの日たち」だ。それは二度と戻らない。噂や嘘が真実同様に彼らを縛る。しかし彼らにはそれが真実か否か、探る手立てはない。なんという不条理、なんという恐怖か。やはり人は過去がなければ生きられないのか……。

隣人の夫と不倫をしていたという妻は、夫の記憶が戻らないのに嫌気が差して消えていく。しかしそのことすら真実か否かわからない。逃げたいための方便かもしれない。記憶は、過去はその人間の存立基盤なのか……。そんな哲学的な疑問が浮かぶ戯曲だ。いよいよ清水戯曲の世界に入り込むことになる。

おわりに

清水邦夫は、リアリズム演劇全盛時代に登場した。しかし彼の戯曲は、これまで簡単に見てきたようにその第一作から既存のリアリズム戯曲とは異なっている。どこがどう異なるのか、それはいまだ明らかではない。全作品を見渡すことから可能となるのだろうが、これまで見てきたことでわかったことは、彼は人間のドラマを追求しながら、それを状況や場所と密着させない、そのことでより鮮明に人間の内部が描き出される、そんなことを考えていた劇作家、そういうスタンスを取った劇作家であるということだ。

このあと、清水らしいといわれる戯曲を見ていくことでさらに彼の特徴が鮮明になると推測している。

［注］

1 原題「清水邦夫研究――初期の戯曲」『吉備国際大学社会学部研究紀要17号』二〇〇七年一月所収。

2 『清水邦夫全仕事 1958～1980 上』河出書房新社一九九二年六月、本文中の清水に関する一文はこの「全仕事」から引く。

3 『20世紀の戯曲 Ⅱ 現代戯曲の展開』社会評論社二〇〇二年 393～400頁、ここでは「署名人」と「狂人なおもて往生をとぐ」について論じた。この論文はボイド真理の訳で〝ASIAN THEATRE JOURNAL〟Vol.20, No.1 SPRING 2003, 1頁～11頁に掲載された。欧文タイトル〝On Shimizu Kunio's Play: *May Even Lunatics Die in Peace*.

4 『伊藤痴遊全集』「維新秘話」平凡社一九二九年。これは早稲田大学中央図書館に所蔵されている。おそらく清水はこれを見たのだと推測される。

わたくしが所有しているのは、痴遊著『隠れたる事實明治裏面史　正・續』成光館出版部一九二四年初版の一四版で一九二八年発行の箱入本。そこには次のように署名人について記されている。

「其頃の新聞條例は、非常に窮窟なものであつて、少しでも筆が政府の忌諱に觸れゝば、直ちに署名人は、入獄を命ぜられると云ふやうな調子のものであつたから、署名人は、何時でも獄へ行つて差支へないやうな人ばかりであつた。井上は林の爲に、衣食の世話に迄なつて食客をして居たのであるから、自ら進んで雑誌の署名人となつて、幾度か入獄の憂目は見たがそんなことには驚かず、監獄行きを稼業の如くして居たのである。現代の人達にさう云ふことを言つても、一寸通用はしまいが、昔は監獄行きを稼業にして居たものがあつたのだ即ち新聞雑誌の署名人なるものがそれである。初めは筆を執る者が自ら罪を負ふて、獄に入ることを覚悟で政府を攻撃して居たけれど、度々入獄しては、迚も身體が續かぬと云ふので監獄行きの身代りに署名人を別に置く方法が、茲に初めて開かれたのである。されば何時でも新聞雑誌の署名人に、執筆者が自身になつて居るのは殆ど稀れであつた。其署名人は、皆法律に觸れた時に、監獄行きの身代りであると云ふのが事實である。井上はそれを商賣のやうにして居たのだ。讒謗律と云ふ法律に觸れて一年の禁獄で入獄して居た時に、赤井が這入つて來て松田と三人で、朝夕親しく日を送つて居たのである。」(「自由黨の國事犯―高田天誅黨」243〜245頁)

清水は、ここに登場する井上を井崎にして、赤井と松田という名前をそのまま用いて、井崎が後から入ってくるというシチュエーションに変え、実際破獄を考えていた赤井の計画を取り入れた。見事なドラマ作りであった。

5　『丸山真男講義録』第二冊　東京大学出版会一九九九年158頁

6　倉橋健「出会い――学生の頃の清水君」『清水邦夫の世界』白水社一九八二年78頁。なお倉橋は、『悲劇喜劇』(一九七九年一一月号、特集・清水邦夫)でも「出会い」と題する一文を書いていて、内容はほぼ同じだ(40〜41頁)。白水社のほうには『悲劇喜劇』で触れなかったことも述べている。

7　この部分は、「署名人」上演前の『悲劇喜劇』には後半が書かれていない。また、倉橋が触れている清水と蜷川との対談については探し出すことができず、未見である。※ 白水社版の中で、清水と蜷川は対談していて、過去の対談について「過去に二度やっているんだよ、対談を、十年くらい前。それを読み返してみた。」と清水が語っている。倉橋はこれを指していると推測される。なお、対談では蜷川は対談を〈読む対象を相当意識する〉と言い、清水は対談では「単純に自分の不安をおおいかくそうとしている。だけど読み返すと、いいことっていうか、若々しいこと言ってんだよね。抱えている問題にしつこくこだわっていると、それに合わせて風景が変わってくるなんて、君が。」と語る。「対談　出会いの場へ」『清水邦夫の世界』32頁

※　蜷川と清水の二度の対談は、「対談　ぼくらが非情の大河をくだる時」『創』一九七三年1月号、と「対談　状況と言葉との出会い」『テアトロ』一九七三年12月号であった。この二つは、清水著『われら花の旅団よ、その初戦を失へり』（レクラム社一九七九年八月）に収められている。

8　John Osborn（一九二九～九四）一九五六年「怒りを込めて振り返れ」がロンドンのロイヤル・コート劇場で初演された。五八年にイギリスで映画が封切られる（トニー・リチャードソン監督・リチャード・バートン主演）。六五年文学座初演（木村光一訳・演出）。

Arnold　Wesker（一九三二～二〇一六）一九五八年「大麦入りのチキンスープ」、翌年「キッチン」「ルーツ（根っこ）」イギリス初演。日本では一九六一年「大麦いりのチキンスープ」（木村光一訳・関堂一演出）、六二年「僕はエルサレムのことを話しているんだ」（木村訳・関堂演出）、六三年「キッチン」（木村訳・演出）を文学座初演。六二年「根っこ」（菅原卓訳・演出）、六七年「フォー・シーズン」（渡辺浩子訳・演出）を劇団民藝初演。一九六八年「ウェスカー68」（公演とシンポジューム）が紀伊國屋ホールでウェスカーを招いて開催された。

清水は民藝の渡辺演出、米倉斉加年・松本典子主演の「フォー・シーズン」の舞台に魅せられたと記している。この時清水と松本の未来への道が動き出したようだ。

「フォー・シーズン」の劇評を大笹吉雄著『新日本現代演劇史4』（中央公論新社二〇一〇年二月）から引く。／は改行。

「登場人物はたった二人。夫とも恋人ともうまくいかなかった女ビアトリス（松本典子）、これも妻との愛に失敗した男アダム（米倉斉加年）。一軒の空家にやってきた二人が、冷たく心の閉ざされた冬から、感情が生き生きと目ざめてくる春、充実した夏から幻滅の秋へと過ごす四季の物語である。外の社会も、二人の間の日常生活も切り捨てられたウエスカー作のこの芝居は、象徴的な場面をつみ重ねながら、男と女の心が、いかに通じあわぬものであるかをえがき、愛が可能かと問いかけている。／二人は、ごく単純なメロディを合奏しようとして、時には成功するが、すぐまた音がかみあわなくなる二つの楽器のように、いらだち、愛撫し、きしみあうさまを演じる。／だが、心が通わずに絶望するのは舞台の上の二人だけではない。客席にいて、舞台から何も伝わってこないのが悲しい。どうやら、俳優と演じられる役との間にも、心の伝わりきらぬいらだちがあるようだ。それにしても、ここで演じられる男と女は、何と日本人の心から遠いことか。／松本典子はセリフをうたいあげるばかりで、生身のからだが感じられない。米倉斉加年は、明るい声を出すと、彼自身の楽天性とセリフのくせが強く出、役からはみ出してくる。演技術のまるで違う二人が、ともに柄にない役で苦労していた。渡辺浩子の訳も悪く、その演出もリズム感に欠けている。／これは、失敗作である。／だが、才能の不足からではなく、演出も演技も、むずかしい題材にぶつかって、豊かな素質がカラ回りをしているように見える。星空に立つ二人の美しさをはじめ、ところどころに、才能が顔を出している。とすれば、これは魅力ある失敗作といえるかもしれない」（「朝日新聞」昭和四二年二月一日付。20頁）。この評者がだれか明らかではないが、男と女の心が通い合わないという状況が理解できなかったのだろう。なぜなら「何と日本人の心から遠いことか」という指摘でわかる。清水はそこが興味深く、かつまた松本のセリフの調子にも惹かれたのかもしれない。

ウェスカー作「フォーシーズン」
渡辺浩子演出。松本典子と米倉斉加年

『劇団民藝の記録』より

第二部

清水邦夫の戯曲〈愛〉の三部作

はじめに

昨年の九月から今年の二月まで、早稲田大学演劇博物館で「清水邦夫と木冬社——劇作家と演劇企画の30年」という催しがあった。戯曲・原稿・著作一覧・舞台写真等々が多数展示された。清水邦夫記念号（『清水邦夫教授退職記念特集　映像演劇第二号』多摩美術大学造形表現学部映像演劇学科研究室発行二〇〇七年三月［注1］）の本誌でも清水邦夫という劇作家・演出家・小説家・そして演劇教育者としての全貌が明らかになるページがあると推測される。したがってわたくしは清水戯曲の全貌を探るというような大それたことはさけ、たくさんの戯曲の中からあまり語られていない〈愛の三部作〉と位置づけられている作品を取り上げ、そこに描かれた〈青春と愛〉について検討したい。唐突に〈青春と愛〉と書いたが、清水戯曲の舞台を見つづけていて一つの仮説が生れたからである。（本稿は二〇〇六年に執筆）

清水邦夫は、〈過去と現在の青春〉を描き出した劇作家だとわたくしは考えている。青春には恋愛と苦悩（あるいは挫折）が付き物だから清水はそれをさまざまな状況下で問い直してきた。その問い直し方が、清水の生きる現在時間でなされたから、一つ一つの青春の取り上げ方が新しかった。同時にそれは清水邦夫という劇作家の青春とかさなり、清水戯曲を演出する演出家の青春、演じる俳優の青春とも重なった。まさに〈今を生きる〉演劇であった。青春が書けなくなっ

たとき、清水の新作戯曲はなくなった。こんな仮説がわたくしにはある。(「清水邦夫研究――初期の戯曲」[注2])

これをこれから明らかにしていきたい。蛇足ながら青春というのは若者のみが所有する特権でないのはいうまでもない。

わたくしはこれまで二度清水邦夫論を書いた(本書第一部の論)。日本近代演劇史研究会が『20世紀の戯曲』全三冊(社会評論社一九九八年〜二〇〇五年)を出したとき、一九四五年以降七三年までの戯曲論を納めた第二巻に清水邦夫論を入れた[注3]。二〇枚たらずの紙幅では十分な分析もできなかったが、第一作「署名人」と初期戯曲「狂人なおもて往生をとぐ―昔 僕達は愛した―」について書き、清水戯曲の不条理性、イオネスコやベケットとは違う日本社会に生れた不条理性や詩的タイトルの特徴――言語の既成概念の破壊と言語矛盾の組み合わせなどについて簡単に指摘した。

次の「清水邦夫研究」ではおおむねこんなことを書いた。清水の大きな特徴とされるタイトルは「真情あふるる軽薄さ」以降の戯曲に頻出するようになり、同時にこの作品以降写実的な、リアリズム戯曲から距離が生れる。それは清水自身も語っているように、岩波映画社に就職し、コマーシャル作りをして〈物〉〈人〉〈場所〉を見る眼が変わったこと、岩波を退社して本格的に戯曲を書き始めたときにそれが堰を切ったようにあふれ出たこと等々……。

岩波映画社を辞めた清水が次に刺激された相手は若い俳優・蜷川幸雄であったと推測している。「真情あふるる軽薄さ」の生れる前に清水は蜷川幸雄とこんな時間を持っている。

蜷川に、初演《ハツ》出用の戯曲をたのまれた時、つい思いつきで、「長い行列の芝居を書きたいんだけど、そんなもの舞台にのるかな。一人の若者がやってきて整然と並んでいる行列にからみ、罵倒する話なんだけど」というと、彼は間もなく（次の日だったような気がするが）舞台の模型と行列用の人形を沢山作って、わたしの前に現れた。そして若者が行列にからむ様々なシーンを想定し、それを人形を使って具体的に説明してくれた。その熱心な手つき、人形を並べる眼、模型を扱う慎重な動作、そういったものを見ていると、わたしは自分の遠い日のあれ、全集を使っての軍艦づくりを思い出し、ついそれに自分を重ね合わせながら、半ば茫然として彼を見つづけたのを覚えている。（「磨り硝子ごしの風景　I」449頁［注4］）

以後、清水は蜷川と組んで「想い出の日本一萬年」「鴉よ、おれたちは弾丸をこめる」「ぼくらが非常の大河をくだる時」「泣かないのか？　泣かないのか一九七三年のために？」を舞台に上げて七〇年代前半の熱い時代を駆け抜ける。ここでは蜷川演出用の戯曲はとりあげないが、いずれこれらについても見ていくつもりだ。

蜷川の劇団が解散し、入れ違いに清水に新しいパートナーができる。実生活でも新たな青春を清水は生きることになる。女優松本典子の登場だ。清水は彼女との出会いを次のように書いている。

松本典子さんの舞台をはじめて見たのは、『フォー・シーズン』（ウェスカー作）である。（略）ヒロインを演じた松本典子さんも心をえぐられるような演技で、感動したというより、なにやら呆然としたような気分になった。（略）「楽屋口」で待っていると、（略）紹介役の渡辺さんの姿が見当たらない。そこで、仕方なく進み出て、「劇作をしている清水です」と自己紹介をした。彼女は一言「あ、どうも、さようなら」と出ていってしまった。

でも、この短い時間がきっかけとなり、やがて舞台を一緒にやるようになり、ついには二人でグループを作るまでになった。（渡辺さんは渡辺浩子…井上注）

（「出会い」『女優　N』プログラム所収二〇〇一年六月）

清水は松本典子と木冬社を結成、彼女と作っていく舞台は蜷川の舞台とは違った。しかも八〇年代には、文学座・劇団民藝・俳優座・演劇集団円、東宝、パルコと清水戯曲はその発表の場を拡大する。この時期には木冬社の定期的な公演もあったから客観的にはまさに充実した劇作家清水邦夫の時代が出現したといっていい。

一九八〇年に三本、八一年に二本、八二年に二本、八三年に二本、八四年に三本、八五年に二本（上演は一本）、八六年に三本、八七年、八九年に二本、九〇年、九一年に各一本と新作戯曲が続き、初演される。

一九八八年に一本も書かなかったことについて、清水は「いろいろな事が重なって書けなかったわけだが、その芯にあるものは、二つの〈死〉であった。一つは宇野重吉さんの死である。おれにはあんまり時間は残されていないようだ。だから、きみとの約束の三本目の戯曲、三本目の戯曲の素材は一応『良寛』と決まっていた。（略）実をいうとドラマの方向、狙いで意見がくい違い（以下略…宇野は村の童と無心に遊ぶ良寛を、清水は若い尼僧との交流を考え、宇野は生臭すぎると嫌がったという…井上注）。

蜷川幸雄演出のオペラ『カルメン』の台本づくり（略）主役のカルメンは美空ひばり（略）蜷川もわたしも美空ひばりに同時代としての親近感をもっており、『カルメン』を通じて〈わが戦後〉を描きたいなどと勝手な夢をめぐらし（略）二回ほど長文の手紙を書いたことがある。（略）彼女は一年かぎりの生命らしい、（略）このイベントの企画を中止したいと告げられた。（略）それからちょうど一年後に、彼女は死んだ」と宇野と美空との同時期に予定された仕事と彼らの死によって流れた戯曲の顛末を書いている（「磨り硝子ごしの風景 Ⅳ」537〜539頁）。この二つのプランはその後戯曲にはなっていない。しかし〈良寛〉を考えてもわかるようにやはり、〈青春〉が基底にあることが理解されよう。

本稿で取り上げる戯曲は、これより少しあと、一九九〇〜九二年に書かれたものだ。

「この〝祭〟（二人の兄の入院・手術…井上注）によって生活が変り、生活が動き、例の裸の情念に悩まされることがすくなくなった。肉親たちの〈死〉にすりよりながら、意外な効果がもたらされたような気がする。仕事の上でも少しペンの動きが軽くなり、『弟よ』『哄笑』と書きすすむことができた」（前傾文542頁）と言う。

「裸の情念」とは、アランの『幸福論』の一節「死を考えるときにおそわれる心の動揺は、これを規制するものも、おしとどめるものもない、裸の情念なのである」からきている（「磨り硝子ごしの風景 Ⅳ」539頁）。清水はかなりこの〈死〉に対する心の動揺――「裸の情念」に悩まされていたらしい。それが肉親の〈死〉と〈生還〉に直面し〈死〉が遠くなったことで吹っ切れたのだ。清水の兄たちにも清水にも〈死〉が当面擦り寄ってこないことがわかったからだろう。

九〇年代初めの時期、それは清水にとって爽快な時であり、同時に木冬社という集団の最も華やかな時期でもあったとわたくしは推測している。そんな時に初演された作品である。多くの登場人物はこの集団の俳優たちを念頭に置いて組み立てられたと思われる。

第一章

「弟よ——姉乙女から坂本龍馬への伝言」（一九九〇年）

1

「弟よ——姉乙女から坂本龍馬への伝言」（以後、便宜上「弟よ」と表記）は、タイトルでわかるように坂本龍馬を題材にした戯曲である。清水が歴史上の人物を取り上げたのはこれが初めてではなく、平将門の「幻に心もそぞろ狂おしのわれら将門」（一九七五年［注5］）、平家物語からの「わが魂は輝く水なり」（一九八〇年、初演も同年二月劇団民芸、演出：宇野重吉）、九鬼一族の「海賊、森を走ればそれは焔……」（一九八四年、初演は同年七月俳優座、演出：増見利清）などがある。この「弟よ」のあとも次にふれる高村智恵子の『哄笑』（一九九一年、初演同年一〇月木冬社、演出：清水邦夫）、「愛の森——清盛をめぐる女人たち」（一九九五年、初演同年六月文学座、演出：鵜山仁）、「わたしの夢は舞う——会津八一の恋」（一九九六年、初演同年一月兵庫県立尼崎青少年創造劇場制作公演、演出：秋浜悟史）等々を

左から、中島久之（源之助）、松本典子（乙女）、堀越大史、南谷朝子（妙）、林香子、磯部勉（藤五郎）

書く。過去の〈青春〉といっていいだろう。

「弟よ」は、一九九〇年一二月に清水邦夫の演出、松本典子の乙女、中村美代子の千鶴、南谷朝子の妙、中島久之の源之助、黒木里美のおりょう、磯部勉のおりょうの兄藤五郎、堀越大史、林香子等々で初演された（紀伊國屋ホール）。集団的にバランスの取れた演技で、圧倒的な迫力と哀愁を感じさせる優れた舞台であった。そのせいだろう、テアトロ演劇賞や芸術選奨文部大臣賞を受賞した。二一世紀になって新聞社が芸術賞を出すようになったが、このときあれば、確実に賞を出せる、そんな舞台であったとわたくしは見ている。

坂本龍馬は幕末を颯爽と駆け抜け、維新前夜に暗殺された凛々しい男だ。誰が殺したか、確かなところはわからない。薩摩か長州か、あるいは土佐か、闇があるから劇的興味がそそられ、龍馬伝説といってもいい話がいくつも出来上がる。若くして彼岸へ逝った龍馬は謎に包まれているからこそ面白く、これまで何度も芝居や映画、TVドラマになった。最近では宝塚歌劇団でも〈硬派・坂本龍馬［注6］〉として登場しているくらいだ。

清水邦夫は、坂本龍馬の死に焦点を合わせ、当の龍馬が登場しない舞台を作った。話題の主が登場しない芝居は、既に田中千禾夫が「教育」（一九五三年）で、三島由紀夫が「サド公爵夫人」（一九六五年）で作ったが、清水は今ひとつ複雑にして龍馬の贋者を出した。しかもこの贋者は登場人物が意図的にしくんだものではなく偶然性に左右されてよんどころなく贋者になるという仕組みにした。これが劇的効果をあげるのに大いに役だった。龍馬の姉たち、親族、友人等々、総勢二〇人の登場人物たちが、自身の生と龍馬の生を重ね合わせ、みんなの青春が、愛が、龍馬とその死をめぐって描かれるのである。『弟よ』は、初演では二幕で上演され、一〜八の後に一回休憩が入り、九〜一一で終わった。

戯曲の幕と場の設定は、舞台上の幕（額縁舞台では緞帳）の使用・不使用と同様に時代とともに変化している。〈幕・場〉は、写実劇やリアリズム戯曲に固有のもので古いという発想からだろう、ポスト近代を謳う七〇年代以降徐々に消えていくようになった。現在では各場の移行は幕を使わず暗転になり、戯曲も〈幕・場〉という表現を止めて一、二、三……と登場人物ごとに（これをフレンチ・シーンと呼ぶようだが）、あるいは場の筋ごとに番号をつけて表す、それが大勢を占めているようだ。フレンチ・シーンの走りは鈴木泉三郎の「谷底」（『新演藝』一九二一年一一月）であるらしい。映画のシナリオの影響か、あるいはフランス古典劇の影響か、海外の表現主義戯曲の影響か、泉三郎がこうした構成をとった理由は詳らかではない。が、当時の戯曲とは異なっていて字面だけ見てもかなり新鮮なイメージを与える。もちろん内容も斬新で、フロイトの夢分析や潜在意識を用いた初めての心理劇ではないかと推測している。

日本の表現派戯曲と言われる秋田雨雀の「骸骨の舞跳」（『演劇新潮』一九二四年四月〔注7〕）は「立体派風の舞台装置を可とする」と指定されているように幕も場もないし、登場人物ごとの場割りもない。こうして過去をみると近代戯曲を模索する段階で斬新な表記の登場があり、その次にリアリズム戯曲の〈幕・場〉使用時代を経て、七〇年代の新たな表記の時代に移行したと見ることができるだろう。

清水の戯曲は、『全仕事』に収められるときに初期の戯曲にあった〈幕・場〉という文字を消したようである。『現代日本戯曲大系　8』（白水社一九七二年六月）に収録されている「狂人なおもて往生をとぐ」などをみると、三幕ものになっていて幕が記述されている。表記には時代が浮かび上がるものだ。その戯曲が生きていた時間が感じられて興味深いし、同時にその表記を越えて描き出された内容の斬新さも光る。もちろん初出に当たればいいのだが研究者という目から見ると『全仕事』の表記は発表時を優先して統一して欲しくなかったと思う。

2

さて、『弟よ』の時は夏、明治二年、龍馬が死んで三年目の夏。時の指定はないが盂蘭盆会の頃を意味しているのだと推測される。闇の中から風鈴売りが通り過ぎる。ト書きに「無数の風鈴がさざなみのようにゆれ、きらめき、あたかも夢のなかの小さな祭りのように見える」とある。ここでは便宜上〈場〉を使用するが、この綺麗な風鈴の登場が一場だ。一と二場が現在時間、三場が三年前、四場からあとは全て現在時間の明治二年、間に夢の場がはいり、そして最後の一一場でもう一度夏が来る「小さな祭りのような風鈴売りが青白く輝いて通りすぎてい」き、風鈴を二つ持った乙女から出される龍馬への伝言でおわる。

龍馬は殺された。しかしそれを信じることのできない人たちがいる。一人は龍馬と一緒に脱藩しようとしてしなかった親類の下坂本の源之助、もう一人は龍馬の長姉千鶴だ。遺骸がなかったために生きているのではないかと思い込むのだが、前者は脱藩の約束を反故にしたという自身の負い目と重なり合い、後者は新政府のために活躍するに違いないと龍馬に期待していたために、龍馬の死を受け入れられず気が狂《フ》れた。周りの人々は彼らに、特に千鶴に龍馬の死を確認させようと躍起になる。しかし龍馬を取り巻く人々も彼を愛し、彼と共に自らの青春を生きてきたから、彼らにも実はその死を確認したくないという思いがある。もし生きていたらという期待、そんな想いが底に流れているのを否定できないのだ。まさに龍馬と一緒に青春を二度生きたい、あるいは三度生きたい、そんな人々が龍馬のいない土佐にはたくさんいた。

坂本妙は父の弟、叔父龍馬が好きであった。少年のような装いをして、洗心塾で武芸を習っている。龍馬の親族の女性たちは乙女（龍馬の次姉）を筆頭にみな武芸が達者だ。少年少女はジェンダーバイアスにとらわれて育てられるものだが、この土佐の少女たちはみな少年のように颯爽といきたがっていた。幕末という時代が若者たちに冒険を、飛翔を当たり前のように感じさせたのかもしれない。しかし少女たちは少年のようにはいかなかった。その悲しみを彼女たちは共有していた。

二場で源之助は龍馬に会ったといつものように告げる。「この間と同じように、やはり誰かに追われている様子……そわそわとやたら落ちつきがなかった」「あの晩、貴様はなぜ脱藩しなかった。なぜみんなと一緒に、この龍馬を追って土佐をとび出さなかった。脱藩がそんなにこわかったのか、おのれの家のことがそんなに心配だったのか。」と源之助は語りだす。心の痛手を表明しているのだ。龍馬の姉乙女は「龍馬がこんど会いにきたら、はっきりいうんです。この乙女からの伝言。（略）龍馬よ、二度とここそ現れるな」と。源之助が立ち去り、残された乙女と妙は次のような言葉を交わす。彼女たちには脱藩する龍馬と同様の時間があったのだ。そして観客も彼らの青春に引き込まれる。

乙女　あの晩のこと覚えている？
妙　あの晩？
乙女　ええ、源之助どのがこだわっているあの晩……
妙　覚えています。源之助どのには悪いけれど、わくわくして胸がしめつけられるような晩でした。
乙女　わが身が男になったように血が騒いで。
妙　ええ、血が騒いで……

（略）

乙女　……龍馬よ、どこかで聞いていますか、（略）昔からのいい伝えに、風鈴は死んだ人の魂を鎮めるとか、あるいは、この小さな風が、闇に漂う仄白い魂をつかんで、遠い天に運んでいくとか……龍馬よ、もう源之助どのを苦しめるのはやめなさい。それにしてもあなたはおかしなヒト、この乙女、時々新しい陸地を発見した船乗りのように、あなたのあれこれを思い出していますす。あなたのことだけでなく、あなたのことばに胸の火を燃やし、あるいはあなたの大言壮語におどらされてあなたのあとを追いかけていったいろんな若者たちのことも……そして、あの晩（略）（青色・下・414頁）

次の場はもちろん、三年前の「あの晩」だ。時は秋。龍馬のあとに続く青年たちはみな二十代。源之助と野茂平太が来ない。小太郎、右太、清三郎が待っている。龍馬はすでに春に脱藩した。龍馬は「大仕事をやってのけた。仲の悪い薩摩と長州の手を握らせた。（略）これで二百六十年つづいた幕府もひょっとしてひっくり返るかも知れん」と現在の政治状況を話題にする彼ら。平太が、彼らの行動に反対する玄武館の人々が「あちこちで見張っている」ことを告げに来る。ためらう彼らの背中を押したのは女たちだ。洗心塾の妙たちが女装して逃げることをすすめる。提案者は龍馬の姉「あん人（龍馬…井上注）以上のばくれもの」「乙女どの」だ。「土佐を抜け出すことは、生きること、そして死ぬこと」という清三郎は、兄嫁であった乙女に恋をしていた。永遠に不可能な恋。これはあとで夢の場でわかるのだが、乙女は義弟の恋を断つために、家の中の争いを断つために婚家を出たらしい。こういう恋もわたくしたちの周りにはある。これも悲しい一つの〈青春〉だ。実際には乙女がいかなる理由で生家に戻ったかは明らかではない。恋を理由にしたところが〈青春〉を描き続けた清水らしい。これについてはあとで触れることになろう。

女装を嫌がる彼らに乙女はいう。「生きること、そして死ぬこと……残念ながら土佐に残るあたくしたちは死ぬこともないでしょうが、生きることもない……（男たちを見つめ）あなたたちは今夜死ぬかも知れません。（略）その姿が醜様《ぶざま》だとは心外です。情けない（略）あなたたちが生きた、死んだ、その輝きにたいする、この人たちの精一杯の華やかな贈りもの」と彼らを叱る。女であるがゆえに時代の大きな変革にも参加できない。それを乙女は「生きることもない」と表現した。心を託す男たちのなんとだらしのないことか……　女たちはいつの時代もこうして裏方を強いられてきたのだ。

乙女の離婚した夫、清三郎の長兄、医師の樹庵が写真機を持って現れる。新しい時代を象徴する写真、彼らと彼らに未来を託した女たちとの記念写真だ。「きらめくものを思い浮かべて」写真をとる。「弟よ」では清水戯曲に特徴的な詩的フレイズ（セリフ）が現実的なセリフの間に表われるから気づきにくい。これはその数少ないフレイズ（セリフ）の一つだ。

きらめくもの、
あなたたちの喜び、
あなたたちの哀しみ、
あなたたちの夢、
そして、あなたたちの愛　（420頁）

〈あなたたち〉それは〈私たち〉でもある。乙女のセリフが響いて撮る記念写真はまさに未来に希望のあった時間のセピア色の記憶だ。現実がすぐに訪れる。彼らに反対する玄武館の清次郎が来る。

彼は樹庵の弟、清三郎の次兄、かつては乙女の義理の弟であった男。この清次郎のほかにも姉や妹は洗心塾で武芸を学び革新的な龍馬派であるが、男たちは体制派という関係がいくつもある。狭い士族社会の中で姻戚関係に繋がった彼らが、時代の変わり目に敵味方になっていく様子が短時間で描かれていく。

次の四場は急展開だ。「あれから一年もたたないうちに、あなたは何者かに暗殺されてしまいました。まるで闇夜で石につまずいて転んだように……京では立派な葬儀がいとなまれたそうですが、あなたの死は、なぜかこの土佐の坂本家には、五十日も遅れて知らされました。そしてこの五十日の遅れが、空白が、あなたの周辺の人々を狂わせ始めたのです……」と乙女が語るように、長姉千鶴が狂い出す。龍馬は死んだのだといっても死体を「わが坂本家の人間は見ていない」と言い張る千鶴。他方では相変わらず龍馬に会ったと語り続ける源之助。千鶴の提案を否定できず、ついに「龍馬の詳しい消息を聞きだすため」に龍馬の妻であったおりょうを京から土佐へ呼び寄せることになる。

五場は京都。貧しい木賃宿で龍馬の妻、おりょうと清三郎が一緒に寝泊りしている。生きる希望をなくした彼らは龍馬の残したスミス・アンド・ウェッソンでまさに心中をしようとしているところだ。役者だったこともあるやくざな兄・藤五郎も彼らと一緒だ。土佐から乙女が来る。清三郎は仰天して逃げようとするが、時すでに遅い。乙女はおりょうに言う「こちらとしては、あばずれでもやけくそでも一向にさしつかえありません。ただ、正直な人であって欲しかった、これで安心しました。（略）事情はいろいろあります。ただ肝心なことは一つ、龍馬にかんすることを、あなたがただ正直に、ありのままを話してくれればいいんです。とくに一番上の姉にたいして」と。結果、いやがる清三郎も積極的な興味を示す藤五郎もおりょうとともに土佐へ行くことになる。藤五郎は小さいころから黒潮にあこがれていた。

藤五郎　ありゃ、遠くから見ると、青黒い川に見えるって言うじゃありませんか。
乙女　青黒い川？　なにをぬかすやら。（略）そんななまやさしい色の川じゃないんです。（略）龍馬が沖からもどってくるたびに、よく家族に話してくれました。ありゃとんでもない化物ぜよ。ありゃえもいわれぬ深い色をした大きな帯じゃ。それが、音もなく、けわしく、うねりにうねって大海を流れてる……（430頁）

乙女のこの言葉に感心して聞きいり、真似をする藤五郎。これがあとで彼の人生を変えることになる。

ここまで各場は、明るい笑いが随所におこり、軽快なテンポですすむ。この後の千鶴を巡っておこる思いも寄らない話の前哨戦のような場だ。この時期の清水は気分も軽やかになってペンがすすんだという一文を先に引いたが、そういう作家の体調を反映しているかのように、はじめから軽快なタッチですすみ、随所に笑いが渦巻き、これまでにない陽気で爽やかな場を作り出している。おそらくこのあとの智恵子を描いた「哄笑」とともに、これは清水戯曲特有の重い鬱屈が、フッと途切れた軽快な戯曲といっていいのかもしれない。内容の重さと裏はらなこの軽みは、龍馬とその一族が抱える悲惨さに対する逆説的な清水の鎮魂歌と受け取りたい。

3

土佐に三人が来た。「あれからたった十日で、姉さんの気の病いは、あきれるほど進んでしまいました。もの忘れ、徘徊癖、そのうえ持病の心臓も悪い……そんなこんなでご対面も二、三日さしひかえておりました（略）兄と称する男は、ことのなりゆきで、清三郎どのの家、つまり樹庵どのの所で寝泊りしてもらっています」と語る乙女は、いよいよおりょうと千鶴を会わせる場を設ける。

七場、洗心塾の女たち、かつての脱藩を手伝った女たちの一人、三千代は同じ屋根の下にいる兄の清三郎、藤五郎、そしておりょうも全てを〈フケツ〉といい、昔を懐かしがる。彼女は異常なほど潔癖だ。これは後で出る夢の場で乙女に離縁を迫るのを見てもわかる。龍馬たち一党が口にしていた「新しい時代の発見者」になるということばは、「いまではなんて虚しい言葉」かと嘆く。龍馬が死んで男たちばかりでなく女たちにも生きている時間は消えていたのだ。

千鶴とおりょうの対面は予想外の結果をうむ。千鶴の質問に迷う乙女とおりょうに、千鶴は龍馬が樹庵の家にいたという。藤五郎を垣間見た千鶴は、彼を龍馬と思ったのだ。否定する乙女とおりょう。

千鶴　（略）で、そのヒトの名前は。

おりょう　名前？　名前は楢崎藤五郎です。
千鶴　楢崎藤五郎、悪くないじゃないの。で、いまの仕事は。
おりょう　いまはなにも。前には江戸の方で、役者なんぞを少々。
千鶴　役者ですか。役者はいけません。役者はだめ。（略）もっとほかのものにしなさい。（略）だって、龍馬はどうやっても役者には見えません。
乙女　なんの話です！
千鶴　世を忍ぶ仮の姿としては、龍馬には合いません。だからもっと違う……（略）
乙女　違うんです、姉さん。本当の本当、まじり気のなしの真実、あのヒトはこのおりょうさんの兄さんなんです。
千鶴　……わかりました。このあたしはどうしても信用できない……このあたしだって龍馬の力になれるというのに……（泣く）（437～438頁）

千鶴は藤五郎を龍馬と勘違いしている。そこにまた源之助が来る。彼は何者かに切られた。これで三度目だ。「龍馬とこのわたしには誰も知らない重大な秘密がある。おそらくそれを察し、それにたいして反感をもっている連中の仕業」だという源之助は、やつらが二人の「ゆるぎない友情」に嫉妬しているんだという。しかも〈ゆうべ、久しぶりに、浜で龍馬に会った〉と告げる。龍馬が生きているという千鶴の思いはますます深くなる。藤五郎が二人の対面をのぞきに来て混乱が絶頂に……。龍馬ではないことを確認させるために藤五郎に会わせると、「知らない顔」と応える千鶴に乙女はホッとする。しかし毎日会っている娘の顔も忘れるんだからと応える千鶴は正確に判断できない。記憶がまだらに消失していくそんな病に罹った千鶴は自信がもてない。

千鶴にこれからどうするのだと聞かれた藤五郎は浜へ行って〈夕暮れの海なんぞ眺めようか〉と思うと言い、「おとつい黒潮ってやつを見ましたが、こちら（乙女）のいわれる通りでした。まさにその言葉通り、コンコンチキに言葉通り……ありゃんとんでもない代物だ、あれはえもいわれぬ深い色をした帯だ、それが、音もなく、けわしく、うねりにうねって大海を流れている……」、かつて龍馬が語っていた言葉、乙女に教えられた言葉を口にしてしまう。千鶴の混乱はこの言葉で確信に変わる。彼は龍馬だという確信……。

耳に残る言葉は、時に視覚で確認する具体的な物体以上に人の記憶を鮮やか呼び戻す。言葉は発せられると同時に自立する。それを受け取るものの固有の思いを加味して独自の世界を構築する。この龍馬の言葉もそうであった。こうして藤五郎は龍馬の代役を、偽竜馬を演ずるはめになる。偽龍馬の突然の出現は、乙女や洗心塾の女たちの心にも変化を生じさせる。かつての青春がじわじわとよみがえってくるのだ。場所や時の記憶は思いもよらない速さで人々を捉える。彼女たちが龍馬に仮託した青春、彼女たちの生が蘇えってきたのだ。

偽竜馬の藤五郎を前にした乙女・千鶴・源之助の龍馬へのラブ・コール、〈要するになんでもいいんじゃ、生命かがやいているものに生まれ変わりたい……〉〈死んだあとに、おれはなんに生れ変わるのか、……木や草か、人間か、鬼か、それとも得体の知れない化け物か……〉そう言った龍馬の言葉は、生きている人々を捉えて離さない。これは幸せなのか、不幸なのか……。

乙女の夢の場だ。堅物で〈石頭〉の清次郎と清三郎が争っている。〈女ならほかに腐るほどいる〉のによりによって年上の兄嫁に恋をするとは何たること、と怒る清次郎は、土佐から消えろと清三郎に詰め寄る。お前は「恋に狂っている」と怒る。密かな恋に苦しむ清三郎は〈違うな、恋ってのは、恋そのものが狂気なんだ〉〈冬の海へとび込むくらいつらい。でもそれだけ生きていると感じる〉のだという。

〈恋〉はたしかに〈狂気〉だ。清水戯曲はこの甘美な〈狂気〉から生れるといってもいい。しかしその〈狂気〉を乙女は誰に仮託したのか。樹庵でも清三郎でもなかった。龍馬だったのではないか……、それゆえにこその〈龍馬への伝言〉であったのだ。そこに彼女の不幸がある。

二人の醜い争いが絶えない日々に、純潔好みの妹三千代は原因になっている乙女に家を出てくれと迫る。「こんなくそったれ人生なんて真っ平（略）龍馬よ、あなたはいまどこ？　長崎、それとも江戸？あたしを助けて……このあたしを……」と言って乙女の夢は終わる。

こうして家を出たらしい。樹庵は「あんたはへんな所が生真面目すぎる、だからわたしたちの生活は破綻の道を」といったが、離婚に関する乙女の発言はこの戯曲にはない。あるのは夢の場だけだ。自立した勇ましい乙女には不似合いな処遇だ。義理の弟の密かな恋を理由に婚家を出るというのでは、いくら〈生真面目〉といってもあまりにも乙女の主体性がない。龍馬への熱烈な〈狂気〉が、家の中のごちゃごちゃに嫌気がさしていた乙女の背中を押したとしても、この場は問題で、むしろ乙女の離婚理由など入れないほうがよかったのではないかと思う。ちなみにＮＨＫで舞台中継されたときには時間の関係からか、この場はカットされていた。実は、収録時に舞台を観ていた。故に実際の舞台ではこの場はあった。あるいは、映像を見て清水がカットしたのかもしれない、とも思う。

偽龍馬の藤五郎が逃げ出す。あわてる女たち。死んだ龍馬にとらわれている土佐の女たちは「ニセ龍馬に興味」を持ち出したからだ。対照的に龍馬の妻であったおりょうは死んだ龍馬にとらわれない。「あたしは生きた生身の人間にしか興味をもたない女……薄情な女だと思うでしょうね、そりゃ龍馬はんは、好きだった、とっても……でもね、思い出だけじゃ生きていけない。」と言う。

おりょうのこのセリフはすでに「弟よ」の前の作品「たそがれて、カサブランカ」（一九八九年）でふぶきが口にしている。「その眼よ、その眼にたえられなくなって出ていったのよ！　そりゃ死んだ彼の思い出は大事よ、彼はステキな男だった、あなたの息子とは思えないほど……でもねえ、その思い出だけを後生大事に脇目もふらずにいきていくなんてできないわ（略）そりゃ口に出してはいってないわ、そんな現代離れしたことといえないものね、でもその眼がいつもいってるのよ、ばばあになるまで、彼の思い出だけを大事に生きろって……だからその眼からのがれるために、あたしがあの男にガブリとくらいついてやったのよ」（313頁）。

清水はこの国の女たちに強いられた不条理性——未亡人を一生通せ、初恋こそ最大の恋……などなど、男たちが勝手に作ったロマンあるいは〈女の道〉にどうやら反旗を翻しているようだ。

上演時にはこの八場で休憩が入った。

4

後半はあっという間に一一場の終幕まで行く。医者の樹庵の家〈九場〉。玄武館から足を洗って洋服屋になった一郎太がトンビを売りつけている。商売が繁盛するのは官軍が洋服を採用したからで、「戦争によって思いがけない発明品が生れたりする。わたしは科学ってやつが滅法好きだが」、「近頃こういう新しいものを眺めていると、その背後に人間の死体が見えるような気がする」と言う樹庵。彼も乙女にまけない生真面目な人間だった。靴屋も訪れる。龍馬がいち早くはいていた編み上げ長靴――いまでいう短いブーツだ。彼らはみなかつての脱藩者たち。清三郎のように立ち直れなくなった者もいれば一郎太や右太や小太郎のように新しい時代にあった商売をはじめた者もいる。

源之助がまた、切られた。小太郎と右太にすれ違ったとき、源之助は二人に切りかかる。「でもあの二人、同じにおいがした。〈略〉この前の時も、この前の前の時にも、同じにおいがした、おれを殺そうとしたやつ……」、源之助は龍馬と一緒に脱藩した者たちに狙われていたのだ。何ゆえに……か。

一〇場は七場から三日目、この戯曲の中で一番長い場だ。ここで本物の龍馬と偽龍馬が死ぬ。土佐の人々の中に生きていた龍馬は、偽者の龍馬が死ぬことで完璧に死ぬ。清水は「裸の情念」に長い間囚われていたが、身内の〈死〉と〈生還〉で〈死〉そのものへの想いが遠のいてくれた。それを逆手にとったような手際のいい結論だ。偽りの死が真実の死を決定したのである。

逃げ出した藤五郎と清三郎は洗心塾の女たちに捕まって閉じ込められている。龍馬の死はこんなふうに語られた。

清三郎　龍馬は幕府のイヌに殺されたんじゃない（略）あの晩、土佐のたしかなる人物から、そう耳打ちされた。

藤五郎　しかし、世間の噂じゃ、新撰組か見回り組か、そのどっちかだっていうじゃないか。（略）

おりょう　薩摩か長州。（薩長と龍馬は倒幕で意見対立…井上注）

（略）

清三郎　その意見のくい違いをひどく気にした人物がいたとすれば、いや、気にした一派がいたとすれば。（略）龍馬は、それを気にした土佐の一派にやられたと。

龍馬は味方であったはずの土佐の人間に殺されたのだ。なぞが解けはじめる。では誰が手を下したのか。右太と平太たちが偽龍馬や源之助を襲いに来て、なぜ源之助を襲っていたのかも明かになる。彼らは源之助と龍馬との間でかわされた手紙を利用して龍馬を暗殺しようとしていた。生前、源之助が龍馬から何か聞いているのではないかと心配していたのだ。心貧しいものたちの集まりにとって、土佐が新時代に乗り遅れないためには薩長と意見の合わない龍馬は邪魔者になっていた。こうして権力は短絡的に目先の利を追い有能な若者を切り捨てたのだ。龍馬は〈徴兵令がしかれれば武士は要らなくなる、操船術をやれ、これは戦争のためだけにやるのではない、商売のためだ、七つの海を渡って手広く貿易をやる〉と小太郎たちに語っていたという。その龍馬を、なぜころしたのか、右太か、

（前列）おりょう、千鶴。（後列）樹庵、乙女、ぬい、妙

平太か。彼らはいう〈おれたちが殺したんじゃない！〉。龍馬は土佐の別の誰かに殺されたのだった。

最後に偽龍馬、藤五郎があっけなく殺される。源之助の妹ふぶきが〈兄さん〉〈死んで！〉と〈突進〉それを止めようとする「三千代をどけて、藤五郎が間に割って入る。と、源之助、反射的に抜刀して、藤五郎を斬る……」（卜書き）、「また、失敗してしまった……」という源之助。あっという間の出来事だ。呆然とする女たち。龍馬の死を目の前でみた千鶴は気を失う。こうして本物も偽者も死んだ。脱藩のときと同じように彼らは偽龍馬を入れて記念写真、しかしそこにはもう、かつてあった未来への輝く希望はない。本物と偽者の死という現実を受け入れてこれから生きなければならない人々の姿があるのみだった。

最後の場で乙女は二つの風鈴を下げて登場し次

のように語りかけ、舞台は闇に閉ざされる。

あの写真をとってから、みんなそれぞれの思いで散っていきました。土佐に残るもの、日本の南や北へ去っていくもの……みんないい顔にとれています。でも写真は無言です。(略)あなたにそれぞれの思いを託したあの人達の沈黙と、その沈黙のなかの無念さと願いをあなたがくみとってくれたらと思っています。ぜひぜひ汲みとって欲しい。あたしの願いはそれだけです……ですから、この乙女からの伝言はもう無用です…… (476頁)

乙女は自身の中に生きていた龍馬を消した。あるいはこの「弟よ」は、龍馬の幻影に語りかけていた乙女の、彼岸と此岸の境界で危うく死にそうになっていた乙女の再生のドラマであったのかもしれない。思い出だけではヒトは生きていけないのだ。思い出に寄り添って生きてはいけない。〈生身の人間と格闘して生きること〉、そんな伝言がわたくしたちに手渡されたのだ。

第二章

「哄笑――智恵子、ゼームス坂病院にて――」（一九九一年）

1

これは長沼智恵子と高村光太郎を題材にした戯曲である。初演は一九九一年一〇月（木冬社　パルコ＝スペース・パート3）、清水邦夫の演出で智恵子―松本典子・光太郎―小林勝也・塩子―黒木里美・実子―南谷朝子・田原牧師―内山森彦らによって演じられた。舞台の光太郎と智恵子は青色『全仕事』の裏扉（装丁）で見ることができる。松本典子はこれで十三夜会賞を受賞した。

清水は「たそがれて、カサブランカ」（一九八九年）で形態模写の芸人を登場させて〈演じる、真似る、誰かになりきる〉という局面を描いた。次の「恋愛小説のように」（一九八九年）でも〈夫婦を演じる〉〈痴呆状態の母〉などを登場させた。この二つの戯曲におけるこれらの局面は必ずしも成功したとはいいがたい。が、それを「弟よ」で再度用い、劇的に成功させることができた。

「哄笑」では〈真実の夫婦が虚の夫婦を演じる〉という思ってても見なかった、まさに奇想天外な局面を作り出す。初めに指摘した〈言語の既成概念の破壊と言語矛盾の組み合わせ〉という清水特有のタイトル命名法を、今度は戯曲の局面に取り込んだといってもいいだろう。しかもこれまで巷間に流布されてきた光太郎と智恵子の理想的な愛の関係――それは智恵子の没後出された『智恵子抄』が立証することになったのだが、実はその関係は作られたそれであった。駒尺喜美、郷原宏、黒澤亜里子などが智恵子の側から光を当てて、その虚偽をついている[注8]。清水はそうした最新の高村（長沼）智恵子研究の成果を取り込んだ。過去の青春を現在の視点で描出することで、その青春は今を生きることができた。声高に批判するわけでもなく、何気ないセリフと行動で、智恵子と光太郎の関係に生じた抑圧や欺瞞を静かに炙り出す。

2

はじめに「哄笑」を読み解くための道先案内として郷原宏作成智恵子年譜から関連事項を引こう。カッコ内は智恵子の年齢。

――明治四十四年（二十六歳）光太郎を知る。大正二年（二十八歳）九月、光太郎を追って上高地へ行き、約一ヶ月滞在、「山上の恋」と騒がれる。このとき事実上の婚約。大正三年（二十九歳）十二月二十二日上野精養軒で結婚披露、以後本郷駒込林町二五番地のアトリエに同棲する。昭和四年（四十四歳）長沼家ついに破産、一家は離散し、智恵子の体調もすぐれず。昭和六年（四十六歳）光太郎八月九日から約一ヶ月時事新報の委嘱で三陸旅行。この留守中に精神分裂の徴候が現れる。昭和七年（四十七歳）アダリン自殺未遂。昭和八年（四十八歳）五月草津に滞在。八月二十三日高村家に入籍。病状はさらに悪化。昭和九年（四十九歳）九十九里浜真亀納屋の妹せつ子夫妻宅に転地。光太郎は毎週一回見舞う。昭和十年（五十歳）二月末南品川ゼームス坂病院に入院。十月末から斉藤春子が付き添いで看護に当たる。昭和十一年（五十一歳）毎年四月ごろから盛夏にかけては悪化した。昭和十二年（五十二歳）小康状態のときには紙絵の制作をつづけ、週に一二度訪れる光太郎に見せる。昭和十三年（五十三歳）夏ごろからときどき三十八度以上の高熱を発する。十月五日夜、五ヵ月ぶりに訪れた光太郎に看取られて没す。病名は粟粒性結核。

（233〜239頁）——

おそらく疑問は、郷原も書いているが親族の家の九十九里には毎週通いながら、本郷から遠くない南品川の病院へは、死んだ年にはなぜ五ヶ月も行かなかったのかということだ。そしてその後の「智恵子抄」の発行。ここに光太郎の何らかの意図を読み取ることが可能なような気がする。清水もこの空白を取り上げた。

全体は七場で構成されている。はじめとおわりはスクリーンに文字が浮かぶ。初演では前半は一〜四、後半は五〜七。登場人物は一五人。明かりがはいり、「昭和十一年五月上旬。南品川ゼームス坂教会、集会室にて。ちなみに、この約二ヶ月前に二・二六事件が起きた……」と写る。終幕の文字は「二年後の昭和十三年十月、智恵子、ゼームス坂病院にて死去。その三年後に『智恵子抄』刊行される。なお、この年に太平洋戦争がはじまった……」だ。

二・二六事件の翌日から東京市には戒厳令が引かれ七月一八日まで続いた。事件関係者一七人は七月五日に軍法会議で死刑の判決が下り、一二日に処刑されている。この戯曲はそういう騒然とした時間の中で展開されるのである。

隣家はゼームス坂病院。教会は誰もが自由に出入りできる場だ。ト書き指定では正面に「礼拝堂へ通じるアーチ型の出入り口」とあるが、初演時には上手に出入り口があった。正面だと奥行きが出るが、日本の奥行きのない舞台の場合、人々の動きは上手のほうが幅が出るような気がする。二・二六事件について触れているのは、光太郎と智恵子の潤滑油的存在、牧師の娘塩子の恋人がダンスの上手な軍人野崎だからで、二人の青春が脇筋として描かれるからである。牧師田原の妻ナオミはツェッペリンが来た年に死んだ。彼の時間はそのときで止まっている。失った青春・愛を今も追い求めていて隣人の患者たちとツェッペリン研究会を持っている。

この戯曲では対象が消えてしまった田原の愛――青春、対象が存在しているが消されてしまった智恵子と光太郎の青春、互いに求め合っているにもかかわらず消えていく塩子の青春、そんな男と女の愛が描き出される。野崎は登場しない。

開幕、礼拝堂から賛美歌が聞こえる。不穏な研究会開催の容疑で警察に連れて行かれた牧師田原の無事を祈って娘の実子が先にたって歌っているのだ。教会を通過して大通りに出るのが近道のため、ボーンと音を出してはゼームス坂病院の職員も患者もひっきりなしに通り過ぎる。「教会ってのはどんな人間でも出入り自由でなくちゃいけない」という牧師の考えで通過している。塀を越えるときにボーンと音を出すようにしたのは塩子だ。「いくら出入りが自由だからって、とつぜん入ってこられたりしたら、ぎょっとする」から「ボーンと鳴ると、あ、お隣さんだなんて」という塩子は「教会には場違いな雰囲気の派手なセーターにスカート……（ト書き）」でなんとなく不良っぽい。三人の妹たちとはいささか違う。ダンサーをしていたという。初演時には黒木里美が見事なダンスを見せ、実子役の南谷が深みのある声で美しい歌を聞かせた。

新しく来た看護婦春江はミセスの担当、ミセスとは智恵子のこと。年譜を見るとわかるように実際の看護をしたのは妹ミツの娘春子だ。清水はかなり克明に下調査をして、それらを戯曲の中で生かしている。

医師の白衣を着た患者浜田が通り過ぎる。智恵子が「うちの病院には、なんとかのつもりって患者がうじゃうじゃいるわ。（略）やめて、あたしは違うわ。（傲然と）あたしはなんのつもりでもない、あたしはあたしよ」と春江にいう。「あたしはあたし」その〈あたし〉は〈夫光太郎は死んだ〉と思っている。その存在を消しさろうとしている。光太郎にはそれがやりきれない。なぜ彼女は光太郎を消そうとするのか……。

塩子　（意味ありげに）じきに五時か。
智恵子　五時がどうかして。
塩子　そろそろ礼拝に現れる頃じゃない、例の男。
智恵子　例の男？　ああ、忘れてたわ。
塩子　（どすんと背中をたたく）うそ。（482頁）

光太郎のことだ。智恵子は意識せずに見知らぬ男が来ることを期待している。智恵子は言う。レコードが聞きたいからここに来ただけだと。藤原義江の「心のバンドネオン」〔注9〕だ。塩子がダンスの上手な恋人野崎からプレゼントされた。軍人にしておくのはもったいないほど上手だという。レコードをかけていると実子が出てきてそれを止める。「このレコード、教会に合わないわ。」「教会に合わないから好きなの（略）あなただって、昔こっそりきいてたじゃない」「うそ。」実子も野崎が好きらしい。このバンドネオンは退廃的な雰囲気をみなぎらせ、にもかかわらずあたりがしっとりと哀愁を帯びてくる不思議なメロディだ。これも場所と音楽のミスマッチで逆説的な効用だ。

塩子　何者ねえ……実はこの人のご主人なの。
春江　え？
塩子　ところが実はそれがニセモノなの。
春江　ニセモノ？

智恵子　そう、ニセモノ、あたまがへんな男なの。だってあたしの主人はもう死んでいるんだから……あの男、うちの病院へ入った方がいいんじゃない。（略）
塩子　でも気になるんでしょう。
智恵子　気にはならないけど……どことなく哀れな奴……でも、あれはなんだろう。（略）わからない……あの男のなかにあるふしぎな情熱……得体の知れない哀しみ……
バンドネオンの歌声を聴きながら闇に包まれて序幕が終わる。さまざまな伏線が張り巡らされて次の場へ。次の場で話題の人物は全て登場する。

3

三場、光太郎は必死だ。智恵子に思い出して欲しい、自身の存在を……。
光太郎　そりゃね、この前はついたまりかねて名乗りましたよ。わたしはお前の夫だって、（略）それを責められてはわたしとしては。
塩子　誰も責めてなんかいないわ。（略）ただ、彼女の心がせっかく少し開きかけてるのに、それをむざむざ。
光太郎　少し開きかけてるんですか、彼女の心。

塩子　ええ、あなたに関心をもちはじめているみたい。
光太郎　関心ですか。ありがたいことだ。二十二年間一緒に暮してきた夫にようやく関心をもちはじめてくれたってわけか、しかもニセ夫として。（487頁）

いつから光太郎は智恵子の中で〈無〉に、〈死んでしまったんですか。〉と看護婦の春江に尋ねられる。今まで考えてもいなかった質問だった。

光太郎　実にいい、実にそっちょくな質問だ。（略）妻が発病したのは、そう三年前です。はじめの徴候は自殺未遂だった、アダリンという睡眠薬を大量にのんで……そのあと、わたしの顔を見て、馬にそっくりだというようになったんです。（略）ところがあとは坂道をころげ落ちるように悪くなっていった、いわゆる狂乱状態を示すようになり、（略）この病院を紹介され、彼女を入院させました。（略）彼女は安定した状態を示すようになりました。（略）そして四月、わたしはたまたま仕事の都合で三回ほどこれなかった。ここが問題だったんです。この間になにかが起きたんです（略）わたしは彼女のなかで死んでしまった過去の人間になってしまったんです……

病院の決められた面会は週一回、それに三回こないとなるとほぼ四週間会いに来なかったことになる。智恵子は一ヶ月の闇に何を思ったのか……。智恵子の中の光太郎は消え、光太郎の〈無から有〉

への自分探しの果てしない旅がはじまった。他者の中で自己の存在が消された哀しみ、しかも最も愛していた者に消される。それは「あなた嫌いよ」と立ち去られるよりもずっと深く、重く、手痛い悲劇である。光太郎はその理由を知りたがる。

智恵子はリルケの詩を語りながら紙絵を始める。〈夫〉にこだわる光太郎に塩子は「新しい人間に生まれ変わったつもりになって話かける」ように進める。「ごくさりげなく、ごく平凡に。」しかしうまくいかない。事実にこだわる光太郎に「どうしてわたしの夫だなんていい出したんです」と智恵子は質問する。「あなたのご主人になりたいほどあこがれていた」と応える光太郎。「少年みたい……そういえば、あなたのような人が時々アトリエに訪ねてきた……」と記憶は過去へすすむ。どこにあこがれていたのかと問う智恵子に、もちろん光太郎は自分のことであるから「すべてにあこがれていた」と応えてしまう。智恵子はたちどころに真実味がないと否定する。完全な人間なんていない、くだらないところもいっぱいあった、と光太郎を否定する言葉を次々に吐く。思ってもいなかった言葉に驚く光太郎。

そして二人の「愛の生活」がだんだんベールをはぐように明らかになる。画家同士の日常生活が、画家同士ではなく先生と弟子であったこと、教育しようとする光太郎と指導される智恵子のいびつな関係が浮かび上がり、光太郎は智恵子に重圧を与えていたことが分かるのである。

智「アトリエの玄関の横にある小窓、（略）監獄かなにかの窓みたいで。対応するわたしだっていやだった……呼鈴が鳴ると玄関のドアはあけないで、まずあの小窓からのぞく。そして用件をきいてから奥へ取次ぐ。もし大した用でなかったら、そこでたちどころにぴしゃりと断る。それがあたしの

左から、光太郎、塩子、智恵子

役目。（略）あれが実にくだらなかった…」、

光「二人の貴重な時間を誰にも邪魔されたくない、それは二人で決めたことで……」、智「おそるべき幼児的な発想」だと否定する智恵子は、光太郎がなんでも〈決意表明〉をしないとおさまらない人で、はじめのうちは新鮮だったけれど、五年一〇年たつと決意表明のない日がほしくなった。

智恵子の話を聞きながら大きなショックを受けている光太郎に、彼のいいところを話してあげたらどうかと言う塩子。急に言われると浮かんでこないと応える智恵子は「彼はやさしかったわ」というが、結局最後は批判になってしまう。彼女の心の中は沈黙して耐えていた光太郎への不満でいっぱいになっていたのだ。「彼は仕事の上で、あたしを自立させようと努力した。結婚しても絵はつづけるべきだ。だから家庭の雑事なんてやらなくていい」と言い、光太郎は食事を作り、掃除

も洗濯も全ての家事をするようになる。智恵子は時間をもてあます。「白いカンバスを眺めて溜息ばっかり。だってなにか純粋培養されているような気分になって」いやだったのだ。こうして彼女は自由がどんどんなくなり、光太郎が引いた線路の上を歩かなければいけなくなった。これでは病気になるはずだ。

実際の二人が病院でこんな会話をしたわけではない。しかし智恵子の病が光太郎との生活からどんどん深く、重くなっていくそんな状況を、光太郎と智恵子の日常生活を思い出させるという局面を使って描き出したのだ。優れた作家の視点がうかがえる。しかも清水は一言も光太郎を批判していない。けれどもこうした関係が女性の自立を阻み、萎縮させ、けっして幸せな結果を生まないことを明確に告げているのである。

4

光太郎と智恵子の二人の関係だけを取り上げているわけではない。次の場では戦争への道をひた走りに走る〈昭和〉という時代を映し出す。

塩子の恋人、野崎中尉が消えた。軍人仲間が教会に探しにくる。反戦運動をしているという容疑で憲兵に連れて行かれていた田原牧師も帰される。二・二六事件、「反乱軍の巣窟、麻布三連隊」は「連隊全員を満州の最前線へおくりこんで弾よけにしちまえ」という乱暴な意見があって満州へいくことになっている。しかし野崎が帰ってこない。彼らは心配しているのだ。

塩子　彼は逃げたんだ。（略）不良少年でダンスジゴロだった奴が、どこかでステップを踏みまちがえちゃって、軍服を着てしまったのよ。（略）

智恵子　褒めてるのよ、この人。不良少年を愛してるのよ。（略）……つい数年前までは、街に軽薄でキラキラした不良少年がいっぱいいたわ、ツェッペリンじゃないけど、しなやかで、気まぐれで、愛すべき生きもの、不良少年……フフ、あたしも彼らが、きらいじゃなかった……光太郎だって。（略）結婚する前は、キラキラした不良少年だった。（略）あの頃は眩しかったわ。

光太郎　（自虐的に）あの頃は眩しかった……（略）

その時、とつじょ智恵子が椅子の上に立つ。

智恵子　兵士諸君！　あたしは不可解です！（略）死ぬべき運命にある満州へなぜいかなければならないのか、いいえ、あなたたちは構いません、自分で決めていくことですから。けれども姿を消している不良少年までもなぜわざわざ捜し出して、満州へ一緒につれていかなければならないのか、このことはまことに不可解せんばん……（略）

光太郎　（智恵子の演説に半ば唖然としながら）

野崎を探して共に満州へ行く、それは死ぬことだ。光太郎は「生き残る確率としてわたしは断然違うと思う。憲兵隊につかまった方がいい。」と発言、中上少尉は怒り出す。そして名前を言え、身分を名乗れと脅す。詩人で彫刻家高村光太郎と応える。それを証明する人は、そこにはいない。いるのは智恵子だけ。すると彼女は「光太郎です、この人（略）あたし……光太郎の妻ですから。」と言った。光太郎はおどろき、記憶がもどってきたのかと期待するが違った。智恵子はいう。「困った人ね、また錯乱して。（略）ねぇ、あたしだけに聞かせて、あなたは何者？」……　光太郎〈ぼう然として〉……「やがてすべてが闇にとざされていく（ト書き）。」

四場は田原と彼の妻の過去が語られる。田原がいつもかぶっている帽子は妻のナオミがかぶっていたものだ。それを智恵子がかぶっていると田原がナオミと間違えてしまう。田原の中のナオミは生きている。彼は言う「あれがもう一度、わたしの手にもどってくるならば、いまわたしが一番大事だと思っているものを捨てたっていい、娘四人、みんな捨てたっていい……」唖然とする光太郎。光太郎には一番大事なものを捨てることはできないはずだ。清水が田原にこんなセリフを語らせているのは、光太郎と比較させるためだと思われる。一番大事な絵筆や彫刻や詩を智恵子のために彼はすてないだろう……。

これはわたくしたちに突きつけられた問題でもある。人は仕事と愛のどちらかを選ぶことがはたしてできるのだろうか……。女たちの多くはこれまで愛という名のもとに仕事を棄ててきた、いや棄てさせられてきたといったほうがいい。しかし男たちは愛という名のもとに仕事を棄てては来なかった。あるいは最も大切なものを女たちには棄てさせて、男たちは決して棄てては来なかった。そしてそれが当たり前という道理を彼らは作り出してきた。かりに男たちにそれを可能にするのは、田原がいうように「この年齢になると、失ったものにたいして、自分でも呆れるほど過激になってしまう。」そんな時期がこなければ、不可能なのか、あるいは一番大事なものと愛を天秤にかけること自体がナンセンスか……答えはでない。

ここで初演時には休憩が入った。

五場、憲兵が教会周辺を捜索している。病院の患者たちはパニック状態で次々に教会に集まる。憲兵は野崎を探しているのだ。憲兵大尉が野崎の件で塩子に会いに来る。光太郎と智恵子と塩子は散歩をしてご機嫌で戻ってくると憲兵がいた。ここでまた、二人は夫婦を演じざるを得なくなる。今回は智恵子が率先して夫婦だと宣言する。それから二人は夫婦らしく、痴話げんかが続く。すると智恵子は「新鮮だった」「あたし光太郎とこんなふうに声高に言い争ったことはなかった」という。光「それはたがいに尊敬し合っていたからで」、智「そうねえ。そうかも……尊敬し合うって息苦しいものねえ」、二人はどこまでいっても平行線で交わらない。彼らは会話がない夫婦だったという。光太郎は、あなたの油絵はどうしても好きになれないといった。智恵子は傷つき、それ以後二度と絵筆は握らなかった。そして智恵子はまた「光太郎のことはもう思い出のなかにとじこめてしまいたいんだから」という。「だめです。その思い出の扉をまだ閉めないでください」と光太郎は必死だ。

智恵子は光太郎が深く誰かを愛していたことに気づく。〈その人は狂気の世界へ逃げ込んだ、どうして逃げ込んだのかわからない。〉と嘆く。智恵子は〈私はその人の変わりにはなれない〉、二人の関係はどんどん深みに、架空の状態へとすすみ、智恵子が気を失って瞬時、記憶が戻る。光太郎は死んでいなかった。「誰……顔をもっとよく見せて……あなた、あなたなの、光太郎さん？」
六場、その日の数時間後、智恵子が生き返り、光太郎に甘え、紙絵を見せて、楽しい時間を過ごすことができた。が、電話をかけに言っている留守に、それはほんの五分、智恵子は光太郎を探しに行って消え、戻ってきたときには元の智恵子になっていた。光太郎はまた、智恵子の中で消える。
もう一人消える。野崎が自殺した。野崎は塩子に会いに来て軍帽を塩子に投げてよこした。そのとき「あいつ死ぬ気だなって」と塩子は思ったという。「不良少年がまたひとり死んだ」という智恵子。

智恵子　（略）気がついたら池のそばにいた……あたりは真っ暗……急にひとりでいることがおそろしくなって、あなたの名前を呼ぼうとしたの。
光太郎　わたしの名前を。
智恵子　ええ、でも、その時になってはじめて気がついた。あたしはあなたの名前をきいていない。
光太郎　……
智恵子　……もっとあなたのことを知りたいわ……また、きてくださる。
長い沈黙……
光太郎　ええ、週に一度、必ず……

光太郎はもうこの時間に耐えられない。彼はこのあと智恵子を訪ねるのかどうか、それはわからない。二年後に彼女は死ぬ。

智恵子を狂気にはしらせたある種の責任を負わなければならない光太郎は、このあとなぜ「智恵子抄」を編むのか、贖罪か、糊塗か、欺瞞か……

これは単に光太郎と智恵子という二人だけの固有の関係を描いたものではない。私たちが家父長制下で作り出している夫婦という関係の困難さやいびつさに言及しているのだ。清水はそれを光太郎と智恵子との関係性のなかから炙り出したのである。見事な形象化といっていい。

一九七〇年代に世界中に広がっていったフェミニズム運動とその思想が、男性中心社会に堅く守られていた夫婦というベールをはがし、その抑圧性や自立を阻む関係を明らかにしたことは既に歴史的事実となっている。清水は現在時点でそれを舞台に上げたのだ。清水がフェミニストであるのか、あるいは彼と松本典子の芸術家夫婦の現実の有り様がいかなる関係であるかは知らない。けれどもいわゆる私小説的興味は戯曲分析には不必要だとわたくしは思っている。問題は、戯曲という文学が、どのような表現でわたくしたちが生きている日本の現実をいかに〈劇的に〉描き出すことが可能か否かということであり、舞台芸術としての演劇が、それを〈劇的に〉上演できるかどうかということだ。〈劇的に〉というと〈クライマックス・頂点〉という有名な言説が浮かぶかもしれない。が、ここではそれをささない。ドラマとして成立可能な〈驚き〉であり、今を生きる読者や観客に〈突き刺さるもの〉を指している。古典劇ともイプセン流近代劇とも、清水が卒業論文で取り上げたというテネシー・ウイリアムズとも、あるいは新劇の伝統的なリアリズム戯曲とも異なった方法で、彼は確実にその描出に成功したのである。

最後に男女の関係について、有島武郎は〈女性の自立自活を前提にして、その上で愛しないではいられない男性が現れ、その男性もその女性をあいしたならば結婚する〉[注10]のがいい、もし破綻したら早くに別れるといい、ということを言った。女性の経済的自立が可能になった今、男女の関係は抑圧・所有から逃れられたであろうか。ことはそう簡単ではないように思う。同等の経済力を得たときに初めて出発点に立つのだが、そこから先はまだ依然として闇であるように推測される。智恵子の状態は、今もそこここに存在しているのだ。

〈愛の三部作〉の最後は「冬の馬」（一九九二年　初演同年一二月　木冬社　シアターχ）だ。紙幅の関係でこれに触れることはできないが、ここには普通の男と女が登場する。どんな青春・愛が描かれたのか、いずれ検討したい。

［注］

1 「清水邦夫教授退職記念特集」号には、次の関連公演と論文が載った。
●記念イベント　清水邦夫の劇世界――上野毛三部作上演、トークセッション（別役実・宮沢章夫）、清水邦夫年譜。●論文――井上理恵「清水邦夫の戯曲―〈愛〉の三部作」、鈴木志郎康「愛を生ききる台詞―清水邦夫の戯曲について―」、福島勝則「清水邦夫の戯曲について」、萩原朔美「物語を作れば地主になれる―清水邦夫の戯曲と舞台」、●編集後記　加納豊美「清水邦夫先生のまあるい笑顔」、●学生秀作戯曲三作（高橋真弓作「港の見える丘」、辻村優子作「貝峠の夜」、木元太郎作「MEANING OF LOVE」

2　『吉備国際大学社会学部紀要』17号　二〇〇七年三月。この小論では第一作の「署名人」とその後の「明日そこに花を挿そうよ」「逆光線ゲーム」「あの日たち」を取り上げた。また、「真情あふるる軽薄さ」の初演に関するいくつかにも触れた。

3　井上理恵「清水邦夫『狂人なおもて往生をとぐ』」『20世紀の戯曲Ⅱ　現代戯曲の展開』社会評論社二〇〇二年七月　393頁～400頁。なお、この論文は翌年、ボイド真理の訳で"ASIAN THEATRE JOURNAL" Vol.20. No.1 SPRING 2003 に掲載された（1頁～11頁）。欧文タイトル"On Shimizu Kunio's Play: *May Even Lunatics Die in Peace.*

4　『清水邦夫全仕事』所収。この『全仕事』は「1958～1980　上下」（朱色…銀朱か）、「1981～1991　上下」（青色…千草色か）と四冊ある。いずれの巻末にも「磨り硝子ごしの風景」が納められ、各下巻に初演年表がついている。河出書房新社刊一九九二年六月。ほかに一九九二年から二〇〇〇年までの一冊もある。『1992～2000 清水邦夫全仕事』河出書房新社二〇〇〇年六月（鼠色…利休鼠か）。ついでながら本の装丁の色がいい。本文の戯曲の引用はこの『全仕事』各巻からひく。以下、色・上下・頁のみ記す。

5　この戯曲の初演について『全仕事』の巻末には記載がない。早稲田大学演劇博物館発行の「清水邦夫と木冬社　Part2」には、一九七八年にレクラム舎が演出赤石武生で初演とある。しかし『全仕事　上』（青色）の巻末に宇野重吉がこの戯曲の上演を申し込んだときのことが記されていて、「この作品は諸般の事情から上演許可は一切あたえていなかったし、（略）〝封印〟せざるをえない事情を話した。この作品を上演しようと集まった青年たちとの間が修復されていないことなどが事情の一つである」という。これについては、第三部第一章でふれた。

なお、二〇〇五年二月、蜷川幸雄演出で上演された（シアターコクーン）。

6　宝塚歌劇団宙組公演「維新回天・竜馬伝――硬派・坂本竜馬Ⅲ」石田昌也作・演出
二〇〇六年十一月　宝塚大劇場、二〇〇七年一月　東京宝塚劇場、坂本竜馬は貴城けい。

7　この雑誌のこの号は、秋田の「骸骨の舞跳」のために発売禁止にされた。ちなみにこの戯曲は関東大震災時の朝鮮人虐殺を扱っている。最も早く取り上げた創作で貴重である。

8　駒尺喜美『高村光太郎』講談社現代新書一九八〇年、郷原宏『詩人の妻』未来社一九八三年、黒澤亜里子『女の首』ドメス出版一九八五年

9　心のバンドネオンの歌詞（486頁）
あざけり苦しみ、知らざりしため、その歌声、もだえる如、なつかしきバンドネオン、うらぶれし、今日の姿、我がゆくすえ……

この歌声と曲と赤ワイン、これがこの舞台の闇の色を形作っていた。

10　有島武郎「私が女に生れたら」『婦人公論』一九二三年四月『有島武郎全集』第九巻　筑摩書房一九八一年四月　385頁

写真は「共同研究配布チラシ」より

第三部

一幕物の劇世界を語る

共同研究の事

二〇一一年秋から二〇一六年秋まで多摩美術大学・世田谷文学館共同研究「清水邦夫の劇世界を探る」が年一回開催された。多摩美術大学庄山晃准教授の発案による試みで、わたくしは一幕物のリーディング上演後の講演を依頼された。『清水邦夫教授退職記念特集　映像演劇　第2号』(多摩美術大学造形表現学部映像演劇学科二〇〇七年報)に当時の学科長福島勝則教授に頼まれ、本書第二部に入れる清水邦夫論を書いたからだと思われる。

二〇一一年春に初めて庄山先生にお目にかかり、この話を伺ったときはこのように長く続くとは思わなかった。ひとえに庄山先生の清水邦夫という劇作家への熱い想いが可能にしたのだ。わたくしもその熱意に突き動かされて清水戯曲に向かうことが出来た。

第一回「署名人」(二〇一一年一一月二二、二三日。会場：多摩美術大学上野毛キャンパス映像スタジオ及び世田谷文学館文学ホール…以下同)、第二回「エレジー　――父の夢は舞う――」(一二年一一月一七、一八日)、第三回「楽屋――流れ去るものはやがてなつかしき――」(一三年一一月一六、一七日)、第四回「ぼくらは生まれ変わった木の葉のように」(一四年一一月八日、世田谷文学館文学ホール)、第五回「昨日はもっと美しかった――某地方巡査と息子にまつわる挿話――」(一五年一一月二一日、文学館ホール)、第六回「イエスタディ」(一六年一一月一二日、多摩美術大学映像スタジオ)。このリーディングシアターと講演は、各回終了後記録として冊子付ＤＶＤに収められ、関係者に配布された。ここでは、演劇的だと思うので冊子に収めた語り口のまま第一回は入れることにする。雰囲気を感じていただければ幸いだ。

文末の注記は、分かりやすくするために入れた。

さて、共同研究代表の庄山晃は、この試みについて第一回目の冊子に次のように記している。

「この共同研究を立ち上げるそもそもの発端は昨年、演出家の蜷川幸雄氏が文化勲章を受章された慶事にちなむ。現代演劇もやっとアカデミズムに認められたと感慨に浸ったものだが、蜷川氏が演出家として衝撃的なデビューを果たしたのは、群衆が長い行列を舞台に連ねている清水邦夫作の戯曲『真情あふるる軽薄さ』であった。（略）二人はコンビで車の両輪の如くエネルギッシュに数々の話題作を世に問うてきた。（略）演出家蜷川氏の足跡を語るとき、やはり劇作家清水氏を抜きには考えられないわけで、清水氏とて何らかの顕彰を受けるべき立場ながら、現状にあっては入手できる新本はハヤカワ演劇文庫の二冊にとどまり、言葉の深い森とでも申すべき清水戯曲に親しむ機会は遠ざかる一方だ。（略）作家業績を検証すべきが私共の責務のように思われた。」

清水は多摩美術大学に一九九四年から定年退職する二〇〇七年まで勤務した。「イエスタディ」「草の駅」「破れた魂に侵入」を学生たちの卒業公演に書き下ろし、退職記念にこの三作が多摩美のスタジオで再演された。わたくしも参加することができたが観客の多くは学内の人々だった。

庄山は、「学外への発信」を痛感して大学が世田谷区にあり、清水も世田谷在住ということで「世田谷文学館に働きかけ、大学当局の支援も得て、この官学共同プロジェクトが発足」「三年計画を目論み」「多くの方々の知恵を結集して清水戯曲の全体像に迫りたい」と願ったのである。この試みは多摩美術大関係者の〈清水邦夫への愛〉が詰まった手作りのそれであった。スタッフや出演者は回毎に注記するが、ほとんど多摩美大関係者と卒業生である。

第一章

『署名人』から始まる清水戯曲の魅力について[注1]（一九五八年）

ご紹介いただいた井上理恵です。本日は清水邦夫の戯曲について五〇分ぐらいお時間を頂きましたので、最近考えていることを少しお話しようと思っています。

実はわたくしも長く世田谷区の住民で、世田谷区立の小学校を卒業しています。現在も世田谷に家がございますから、世田谷区にある世田谷文学館でお話をさせていただくのをとても嬉しく思っています。

さて、「署名人」の上演は本日初めて観ましたが、やはり面白い作品ですね。舞台も雰囲気が出ていてとてもよかったです[注2]。

清水邦夫の戯曲（二〇〇〇年まで）は、河出書房新社から出た『清水邦夫全仕事』五冊に納められているものだけで四九本あります。ここにあるのは演出の庄山先生所蔵の初版本です。タイトルが変わっていて特別ですね（初版本をみせる）。

この二ヶ月ほど、清水邦夫の第一作からずっと毎日、暇さえあれば読み続けていました。……そして奇妙な体験をいたしました。それは清水戯曲の中にもしばしば出てくる夢です。清水の戯曲に登場する人々が寝ているると出てきました。憑依したかのごとく、いろんな人々がうごめいて、五月蝿くて全然落ち着いて寝ていられない。これには本当に参りました。

これは一体何なのか……もしかすると清水の戯曲の中に何かいるんじゃないか……とまで思いました。フロイト流に言えば、無意識、「潜在意識の発露」ですか……どういうことを話したらいいか悩んでいるわたくしの現実があって、それが無意識に作用して登場人物が出てくる？　まさか……と思いながらもこれはもしかすると……清水の戯曲を解くひとつの鍵になるような気がしてきたわけです。

戯曲の中に閉じ込められていた存在が自己を主張して、私はここにいる……私は誰か……などと叫んでいるんじゃないか、そんな風に思いまして、これはわたくしにヒントを与えてくれているに違いないと思ったわけです。

自身の存在、実在といっていいと思うのですが、それを主張している人物達は清水の戯曲の中でいつ頃登場したのか、それは戯曲の構造や構成と、どのようにかかわっているのだろうか、ということに大変興味を持ちました。そんなわけでこの摩訶不思議な実在を主張する「登場人物たち」と戯曲構造の関係を考えながら、清水邦夫はこれまでの日本の劇作家達とは異なる、どのような新しいものを自身の戯曲に取り込んだのかをみて行きます。

まず初めに劇作家としての出発ですが、清水は、早稲田の美術科から演劇科へ転科しました。そして劇作への道を歩むようになります。早稲田で倉橋健と出会い、アメリカ演劇の戯曲を読むようになる。清水の先輩秋浜悟史もやはり倉橋健と出会ってアメリカ演劇を読んでいますね。歴史の長いロシア演劇やフランス演劇、ドイツ・イギリスなどの戯曲から出発する人は多いのですが、歴史の短いアメリカ演劇から出発するというのも珍しいと思います。

戦後占領軍の政策でアメリカ演劇を上演するようになって新劇はアメリカ演劇をたくさん上演しましたが、一九五〇年代はまだそんなに時間がたっていませんから浸透していません。……ですからとても珍しい。

アメリカ演劇の作家は、家族の抱える問題を多く描出しています。これも後に家族をとりあげることが多い清水の戯曲に影響したのではないか、と考えています。が、両者の扱い方は異なっています。清水のは独特です。

卒業論文がテネシー・ウイリアムズの一幕物「アメリカン・ブルース」だといいます。

これは五つの作品が入っていて「ベビイ・ドル」「バーサよりよろしく」「しらみとり夫人」「あるマドンナの肖像」「わが最後の金時計」だそうで、わたくしはこれを読んだことがないのですが、ウイリアムズは一幕物を作りかえて多幕物をつくっている作家といわれていますから大体推測はつきます。「ガラスの動物園」「欲望という名の電車」「熱いトタン屋根の猫」など、あらゆる彼の作品の根源は一幕物にあるといわれていて、清水も秋浜悟史もそれを後日、指摘しています。つまりエッセンスのつまった一幕物を清水は卒業論文に選んでいた。鋭い選択だと思います。

丁度一二月に珍しく、文学座がアトリエでテネシー・ウイリアムズの一幕物を本邦初演で上演します。こういう機会はあまりないので観にいらっしゃるといいのではないかと思います[注3]。

さて、こうして演劇の道を歩きはじめた清水は、「署名人」を書きます。

本日の「署名人」は彼のファースト・ワーク、第一作で二十一、二歳頃の作品です。（第一作「署名人」は『20世紀の戯曲』にも書きました…本書の第一部）伊藤痴遊という政治講釈をしていた弁士が書き残した『明治維新秘話』に登場する明治一〇年代に存在していた署名人を題材にしています。

清水はこの後も多くの作品で先人の仕事を作品に取り込み、特に詩が多いのですが、社会学や精神分析学、文学、フェミニズムなどの研究成果を題材に取り込みながら、自身の戯曲世界を生み出していきます。第一作から作品作りへ向かうスタンスは、大雑把に言えばこの後もあまり変化していないといっていいと思われます。

戯曲を書くに当たって、早稲田で演劇集団を作って戯曲を書き、演出をしていたお兄さんに、戯曲をどう書いたらいいかと相談したら、「シェークスピアとチェーホフを読め、恋愛物は書くな」と、言われたといいます。

お兄さんが言ったのか、ご自分で決めたのか、その辺はわかりません。が、この指摘はとても興味深いものがあります。特に劇構造の点で面白いのです。

ご存知のようにシェークスピアは、悲劇では地域の伝承的な話を題材にしてドラマを作った作家です。そして短絡的に言えば自由に作品世界が拡大して独自の劇空間を生み出しています。自然主義的なイプセン流ドラマのように、あるいは日本のリアリズム演劇のように筋が「必然」で展開していないわけです。偶然をはじめ何でもありで面白い冒険小説のような戯曲です。

時代物の歴史戯曲は、イギリスの過去と現在の王様の歴史をかいていますが、これは当時の王族貴族に見せるための物ですから、それなりに面白いんですね。同じ古典といっても、決まり事の多いフランス古典劇などとは全く異なります。

他方チェーホフ（一八六〇～一九〇四）は、対話のみでドラマが展開する自然主義の作品です。ある階級に生きる人々の日常を描き出していますが、二度と起らない日常、その時代にしかあらわれない人間たちが生み出す葛藤や時代を描き、現実的な人間が蠢《うごめ》いている作品です。一八九七年に創設され、ロシアリアリズムを完成したモスクワ芸術座が、チェーホフの作品を多く上演しています。

日本では小山内薫が築地小劇場の後期に「櫻の園」の名舞台を作り、以来新劇では歴史的な催しに必ず上演されてきました。日本のリアリズム演劇の劇作家たちは、多くがチェーホフの作劇法を範とし、自分たちが生きている時代の中でしか生まれない事件と性格（人物）を描き出してきました。

実は、芸術作品というものは、この観点が本来とても重要だとわたくしは思っています。なぜならどんな時代にも共通しているような人間は実は存在しません。……作家が時代に規制されると同じように登場人物たちもその描かれた時代に規制されて生きるからこそ面白く、同時代や後の世の人々を感動させることができる。

そして重要なことに両者とも恋愛のみが中心ではない。

これを考慮すると、清水は、古典的であるが、解放的なシェークスピアと、リアリズム演劇の一方の旗頭といえるチェーホフの「その時代の中でしか登場しない事件と性格（人物）」を描くという作劇法を、自分の戯曲にミックスしているのではないか、これらは両端の作風ですが……合体させた。そして独自の作風を生みだそうとしたのではないか、ということです。

ご存知のように清水が登場した一九五〇年代半ば過ぎという時代は、日本の戦後リアリズム演劇の頂点といっていいような時代でした。この限り日本はヨーロッパ演劇と同次元を生きていました。清水はこのリアリズム演劇へ、叛旗を翻すことになるわけです。

ではどのようにそれを行ったのか？……。

本日ご覧になってお分かりのように清水は、劇構成としてはリアリズム演劇のような体裁をとりながらも、綺麗な伏線を張り廻らしたり、必然性を要求されるような作劇術を拒絶して、「我が存在の行方はどうなるのか」、という形而上的なドラマを、第一作で生み出しました。

『署名人』には、本物の国事犯と偽物の署名人が登場します。この作品の白眉は、何といっても両者の力関係が逆転するところだと思います。初めは署名人が大きな顔をして獄中に居る。ところが国事犯の脱獄計画を察知したために彼の人生は思わぬ方向へ動き出す。共に脱獄してもいずれ消される。

残っても消される。出口なしの状態です。（サルトルの「出口なし」は一九四四年初演）

この展開を見ると、清水の根本的なドラマトゥルギーは、アリストテレスが「詩学」に書いた悲劇のドラマ作りに依拠していることがわかります。

世界の多くの劇作家はこのドラマトゥルギーで戯曲を完成したいと願いながらなかなかそれが可能にならない現状があります。日本では木下順二が、これに関するドラマ論を多く残していて、木下もこれによる戯曲つくりを目指しましたが、成功したものは少ないです。

ある一つの目的をもった主人公がいる、主人公自身がその目的解決のために探求していく。そしてそれまで分らなかったことが暴かれてくると、それが自分自身の身に跳ね返ってきて破滅する……という構造です。

木下順二はこれを「発見と急転」そして「破滅」と表現しました。「発見」はデイスカバリーですから言うまでもなくカバーされていた、隠されていたものが明らかになることです。

アリストテレスが模範とした「オイディプス」の戯曲はそのように作られていますし、かつて坪内逍遥が「懐古破裂型」といったイプセンの戯曲もそうです。久保栄の「火山灰地」や木下順二の「夕鶴」や「巨匠」などは成功した作品の一つです。

そのように見ると清水邦夫は、「署名人」でこれを巧妙に使用しています。舞台をみてお判りのように、初めはお気楽に牢屋に入った署名人井崎が、自身の置かれているのっぴきならない状況を察知し始める。あろうことか国事犯で捕われていた二人が脱獄を考えていた。後から入ってきた井崎は招かれざる客であったわけです。これは両者共に望んだことではない。推測できないことが起ったのです。このあたりが非常に現代的でしかも形而上的、不条理だと思います。独特な視点の導入ですね。普通こういう場合は嘘ッポ過ぎてどうにもならないのですが、この戯曲の場合は、それがない。台詞が十分に条件をみたしているからで、それゆえこの戯曲では成功しました。

井崎は大木に登った猫と同じ運命にあることに気づく。そして最後は、どうなるのか、脱獄は成功するのか……？　誰が殺されたのか……？

清水は書いていません。それは観客に任されるわけです。

この終り方もかなり高級な終り方です。二十歳そこそこの青年が、こんな作品を書いていたことに大きな驚きをおぼえずにはいられません。

以上のように、清水はギリシャ悲劇のドラマトゥルギーを導入しながら、リアリズム演劇にも確実に叛旗を翻し、非常に現代的に不条理のドラマに書き換えた。倉橋健がこれを読んで驚いたというのもよく分ります。第一作から清水邦夫は、正にドラマの王道から出発したといっていいでしょう。

ではその後、清水はどのような新しい試みをするのか……。

戯曲のタイトルです。戯曲のタイトルの特異さについてもかつて指摘したことがあります。江戸期以来日本の芝居のタイトルは体言止で、漢字が並び、それも奇数、三文字、五文字、七文字で、これがよしとされてきました。歌舞伎のタイトルは殆んど奇数です。長い間好まれてきたものは様々に影

恐れ入りますが、切手をお張り下さい。

〒113－0033

東京都文京区本郷
2－3－10
お茶の水ビル内
（株）社会評論社　行

おなまえ　　　　　　　　　　　　　　様

（　　　　才）

ご住所

メールアドレス

購入をご希望の本がございましたらお知らせ下さい。
（送料小社負担。請求書同封）

書名

メールでも承ります。　book@shahyo.com

今回お読みになった感想、ご意見お寄せ下さい。

書名

メールでも承ります。　book@shahyo.com

響するようで……日本の小説のタイトルに漢字が並ぶのも潜在的なＤＮＡが作用しているのかもしれません。

タイトルに連用形が登場するのは明治末期からです。郡虎彦の「腐敗すべからざる狂人」がその嚆矢でしょう。これはロベスピエールと殺されたダントンの亡霊との対話劇ですが、なかなか飛んでいるタイトルです。

清水の場合は二作目から変わります。そして段々に「詩的なタイトル」「言語矛盾」のタイトルに変化します。ここにある初版本もまことに奇妙なタイトルです。みなさまがお持ちの本日のパンフの中に作品が出ていますが、遊んでいるのかと思うほど、趣の異なったタイトルが並びます。遊んでいるわけではなく、内容と密接に拘っています。「明日そこに花を挿そうよ」はまだおとなしい方で、「真情あふるる軽薄さ」などは言語矛盾ですね。「鴉よ、おれたちは弾丸をこめる」などは鴉に呼びかけているわけで意味がわかりません。「火のようにさみしい姉がいて」などは、これは何だ？　という感じですが、実はこれ、旭川の詩人松島東洋の詩「水と水」からタイトルをとっています。

朝の夢売り　水市場
売人たちの言葉は
水で語られている
水より孤独な売人たちの言葉は

水で語られる
水で販《う》り
水で購《か》われる
男たちには
きまって
火のようにさみしい
姉がいて
男たちの販《う》り声《ごえ》に
間《あい》の手《て》を入れる
　　以下略

このような不思議な、シュールな詩です。

清水の戯曲のタイトルは当時もそして現在も非常に特異であるということです。おそらくこれもこれまでの戯曲には無いものを、……という意図的なものであろうと推測しています。

因みに清水が作っていた演劇集団木冬社《モクトウシャ》というのも、旭川の詩人グループの名前で、「冬の直前の季節を現す」造語だそうです。清水がこの詩人たちのグループや詩を知ったのは、おそらく後で触れる「幻の心もそぞろ狂おしのわれら将門」の上演の時ではないかと思います。この作品についてはまたあとで触れます。

形而上的な問題を第一作から提出してきた清水は、時代とは無関係の存在のように見えますが、実はそうではなくて確実に時代の中で息づいていた劇作家でもあります。

「署名人」は早稲田の雑誌に載ったものですが、その後は依頼されて、夫々の集団に書いています。登場人物の人数や誰に書くかで戯曲の内容も変化していき、正に本格的な劇作家になっていったと考えていいでしょう。

卒業後、岩波映画社に一九六〇年〜一九六五年まで勤めます。ここで秋浜悟史、羽仁進、黒木和雄（「飛べない沈黙」「竜馬暗殺」シナリオは清水、「父と暮せば」）、土本典昭（水俣病ドキュメンタリー）、東陽一《ひがしよういち》（「化身」「橋のない川」）、小川伸介（紳介―三里塚の映画）などの先輩と知り合います。反体制の、社会悪を描出するドキュメンタリー作家達との出会いは非常に大きくプラスに作用したと思います。時代と作家の対峙方という点で影響されたとみています。

清水はここでコマーシャル映画を作ったらしいのですが、物体を対象とすることにより、具体的な事実や行動する人間よりも、その人間の内面、というか精神・思想を持つ人間というものを描き出す戯曲に執着するようになったのではないか……と推測しています……。

さて、具体的にみますと、二作目は「明日そこに花を挿そうよ」で、引揚げ者寮が舞台です（女三人男五人一九五九年、初演一九六〇年一一月）。これに蜷川幸雄が出演しました。ここで二人は知り合うわけです。これもリアリズム演劇風な様相をていしていますが、「ガラスの動物園」のローラみたいな女の子が出て来ていますし、一九六〇年安保前後の若者の怒り、何処かにぶつけたい怒り、不器用な若者の、そんな在りようが描かれた作品です。出口のない若者、未来を見出せない若者の苛立ちを描いているこの作品は、日本の「怒れる若者たち」像だ、とかつて蜷川は指摘していました。

イギリスのウエスカーや「怒りを込めて振り返れ」のオズボーンのような若者たちと時代的に横並びの作品を書いて日本の若者の怒りを表現したといっていいでしょう。

その次の「逆光戦ゲーム」は田舎の医院が舞台です（女四人男六人一九六二年　初演一九六三年五月）。これもリアリズム演劇風です。あるいは一番リアリズム色が強い作品といっていいかも知れません。家出していた妹が帰宅して問題家族の中が変化し、妹は立ち去るというありがちな内容ですが、上手に構成されています。

これは初演が一九六三年の五月です。これにも蜷川が出演しています。この一九六三年という年は、日本ではじめてブロード・ウエイ・ミュージカル「マイ・フェア・レディ」が東宝の菊田一夫によって九月に東京宝塚劇場で初演された年で、大成功を収めます。翌年は東京オリンピックです。一九六六年には新帝劇が開場しました。

これまで絶対的演劇的成功を手にしていた日本の新劇――リアリズム演劇は、一方では秋浜悟史、福田善之、清水邦夫という新しい作家達の叛旗を翻すが如き若い演劇の登場により、他方では東宝という商業演劇からの攻撃を受けることになる訳ですが、民藝も俳優座も文学座も、そのことにまだ気付いていません。一九三五年の新協劇団結成以来のリアリズム演劇は、新劇も商業演劇もあらゆる表現芸術を網羅してほぼ一九六五年まで三〇年間、完璧なまでの王座を維持していました。

リアリズム演劇という様相から食み出したのは、「あの日たち」だと思います（一九六六年）。イプセン流もチェーホフ流も、リアリズム戯曲と言うのは、対話が主です、登場人物の独白はありません。日本のリアリズム演劇も同様です。現在もヨーロッパの現代演劇はこれが主流、いわゆる普通のセリフ劇という演劇です。

ところが清水は、「あの日たち」というタイトルの戯曲で独白……しかもフランス古典劇のような独白でもなく、ハムレット流の独白でもない観客に語りかける独白、を入れました。

このタイトルは、立原道造（一九一四〜三九）――〈風信子ヒヤシンス：ギリシャ神話ヒヤシンサス伝説〉の「夏花の歌」から取っています。英語だとTHOSE DAYSとでも言うのでしょうか。日本語では擬人法でも複数形は使いません。ですから擬人法を用いた立原の詩を導入することによって清水は確実にリアリズム演劇から脱皮したのだと思います。

シェークスピアの時代とは異なる、独白――語り、これはかつて久保栄が「火山灰地」で〝朗読〟という表現で「詩」を導入してリアリズム演劇の一つの枠組みに風穴を開けて壊したのですが、清水はシェークスピア風の独白の様相を呈しながら、叙事的な内容、説明的、現代的ギリシャ劇風語りといえるのかもしれませんが、それを取り込みました。

似たような独白は木下順二が一九四七年に書いた「夕鶴」で、つうの内面を描出する独白を導入していますが、それとも異なります。この叙事的説明的独白は、この後多くの若い劇作家に使用されていきます。が、これは作劇上の逃げにも通じるので、多くの問題を孕むものに変化してきています。清水はもちろん上手に挿入していますが、いくつか問題の独白もあります。

この後清水は時代に密着した作品を書いていきます。その良い例は、一九六九年新宿文化という映画館で映画終了後に上演した芝居だと思います。一九六八〜七三年までです。この時代は、時代そのものが激しく動いていました。大学闘争の時代です。しかし動いているが、徹底的には変わらない。革命は起らなかったわけです。そこに苛立ちを覚えながらも何となく未来がありそうな気もするという若者たちの存在。小演劇集団がたくさん登場します。それを可能にしたのは、高度成長下でドンドン世の中は豊かさを増し始めていったからです。若者の周りも変化し始める。豊かさは労演などに動員されていたのとは別の若い観客層を増加させるのですね。もちろん芝居を作る側も増加させます。

この時期、映画館という横長で奥行のない舞台での上演に五作書いています。

行列で有名になった「真情あふるる軽薄さ」（ジェラルミンの盾を出す）「想い出の日本一万年」「鴉よ、おれたちは弾丸をこめる」「ぼくらが非情の大河をくだる時」（岸田戯曲賞受賞）「泣かないのか？　泣かないのか——1973年のために？」（風呂や）

何が言いたいんだかわからないような作品は、まさにあの大学闘争が日本中あちこちで起っていた時代だからこその作品だと思います。唐十郎も鈴木忠志も寺山修司も分けわかんないものを上演して、それが学生達若者に、一大ショックを与え、同時に彼らから大きなエールを送られていました。

彼ら小劇場が既存の新劇のリアリズム演劇に対抗的に登場した演劇だとして歴史的に位置付けられるのはずっと後のことです。結果的にはこの時期の彼らの作り出した演劇が大きな変動を、変革を生んだのです。社会革命はおこらなかったけれど、演劇革命は確実に起ったのです。清水もその渦中の存在でした。

新宿という場所、映画館という場所、学園闘争時代という時代に清水も戯曲も規制されていた。一九七四年、彼らが立ち上げた現代人劇場が櫻社に改組され、それも解体する。

彼らと別れて、蜷川幸雄が日生劇場の演出をする（一九七四年五月東宝の「ロミオとジュリエット」）。菊田が七三年年四月四日に死んで演出者を探していた東宝は蜷川をゲットした。蜷川の商業演劇への転進は、経済の高度成長と共にその後の演劇状況の飛躍と発展に大きく影響した。

蜷川と別れて、清水は新宿という街から撤退するという宣言を出した。学生の街、喧騒の街、闘いの街であった新宿が、高度成長下で確実に変化していったんですね。これは清水にとって好都合でした。ご当人は苦痛であったと思われますが結果的にみて極めて重要なターニング・ポイントになりました。

場に規制されていた清水が新宿を離れることにより、演劇と面と向かい劇構造の根源を問題にしたからで、さらに大きくはばたくことが可能になったのです。そして詩や先行作品の一部を取り込んだ戯曲を書いていきます。これには、〈種探し〉に忙しいからという理由もあるだろうと思うのですが……。

そして生れたのが、プーシキンというロシアの詩人の詩を取り込んだ、「幻の心もそぞろ狂おしのわれら将門」(一九七五年)です。

ロシアの国民的詩人プーシキン(一七九九~一八三七)は、詩のほかにも「黒い瞳」「オネーギン」などで有名です。当時のロシア近衛師団の若い士官達がつくったデカプリストの革命組織のすぐ近くに居ましたが、彼は共鳴したが秘密組織には加わっていなかった[注4]。しかしプーシキンはロシアの詩人の礎になりました。

清水も六〇年安保闘争や学園闘争の近くに居たけれども加わってはいない。しかし演劇革命の当事者になり、新しい演劇を牽引した。とてもよく似ているのではないかと思います。

このあとミショーの詩もしばしば作品の中に登場します。ミショーはシュール・レアリスムのアンドレ・ブルトンなどと親しく交際をしますが、シュール・レアリスムの運動には関与しなかったとみられています。けれども作品は非常にシュールです。

シュール・レアリスムはフロイトの精神分析の強い影響下にあるといわれているように、無意識や夢、偶然などを重視していて、清水邦夫という劇作家の作品に全くピッタリはまる。実はわたくしは、清水は日本のシュールだと、見ているのです。

現実からは離れないけれども現実に隣り合った世界の中にある世界。主観や理性や意識が介在しないで、「偶然」や、「意識の介在から解き放たれた夢の中」にこそ、日ごろわれわれの気づかない現実、超現実がある……。その超現実が出現するという理論。シュール・レアリスムはまさに清水の戯曲と通底します。

この発想は、ギリシャ以来のドラマトゥルギーには相反するし、リアリズム演劇とも乖離する。ドラマ作者劇作家にとってはかなり危険なものを孕んでいる。清水はそれを逆手にとって、合体させようとしたのではないのか……夢や偶然、無意識などとドラマの極意とでもいえる作劇ポイント「発見と急転……そして破滅」を合体させる。これはかなり困難な試みだと思いますが、清水はそれを成功させた。

恐らく「幻の心もそぞろ狂おしのわれら将門」を書いた一九七五年が大きな転機だと思われます。

清水は、この作品を田園コロシアムで上演したかったらしいです。競技場―コロシアムというのは、ギリシャ悲劇の演じられた場所です。ギリシャ時代のコロシアムは部分しか残されていませんが、ローマ時代の舞台はフランスのオーランジュでみることができますし、紀元前1世紀初めに建設されたといわれるイタリアのヴェローナ（ジュリエッとの家がある――しかしシェークスピアはイタリアへは行ってない）にあるアレーナ・ヴィ・ヴェローナなど、現在も夏季に劇場として使われているところが現存しています。

清水は、岩波映画にいたときに羽仁進監督の「ヴァナ・トシの歌」のシナリオを書くためにアフリカに行っています。そのときフランスやギリシャやイスラエルなどに行って演劇も見てきたんですね。もちろん劇場跡などにも行ったと思います。

演劇の根源といわれているギリシャに戻って再出発をしようと考えて「将門」を書いた。これは清水が上演集団風を作って上演を試みたものでしたが、しかしその時は演出が上手くできなくて中止します。これで非常に挫折感に襲われたと推測されるが、一九七六年に旭川在住の集団が円形舞台で旭川と札幌で上演し、七八年にレクラム舎が渋谷パルコ内のテントで上演した。近年、二〇〇五年二月にシアターコクーンで蜷川幸雄が上演しました。そのときは階段舞台を使いました。

この芝居は、将門を探す、将門の芝居。自分は誰だ。何処にいるという芝居です。……つまりこの芝居は清水邦夫という未来の劇作家を、清水邦夫というこれまでの劇作家が、これから歩く未来を捜し求めていたのだとわたくしは推測しています。

清水は演劇の原点に戻って、これまで状況と場所に規制されていた自分の演劇をこの作品で解き放したのです。

お前は誰か、おれは誰か、将門は本当に死んだのか、生きているのか……！

俺は将門を殺す。つまりこれまでの自身を殺す……そして生き返る……？

登場人物は皆、死にます。互いを信じられないで殺しあう仲間同士は連合赤軍事件を思い出したりしますが、最後は将門が一人残ります。そして永遠に本当の将門を捜し求めて歩き続けることになる。あたかもオイディプスのように……。

ギリシャ悲劇的、一族の争い、一族の殺戮。オレステスやエレクトラのような存在が居る。イフィジェニーのような妹もいる。彼女もそのうちの一人になりますが、歩き巫女が登場します。これはコロスのような役割をします。明らかにギリシャ悲劇を意識しているように思われます。つまりはあの激しい運動の時代の終焉を自ら描いたといえるでしょう。仲間とも縁を切ってこれから生きていく。

だからこれが上演できなくて、清水はかなりショックだったと推測され、そして札幌で上演された時に、終演後、札幌公演の主催者に、「これでやっと将門ばなれがしそうだ」と清水は言ったそうです。

つまり上演されて、はじめて清水は次のステップに進むことが可能になった。この作品は劇団民藝の宇野重吉が上演したいとすぐに言ってきたそうですが、清水は断っています。そして札幌の若い集団に上演許可を与えた。この事実も非常に意味深いと見ています。自身の再生に繋がる作品であるわけですから、そして清水はリアリズム演劇に対抗的に登場してきたわけですから、やはり若い集団に演じて欲しかったのではないでしょうか。

それに宇野重吉には将門はやれませんね、歳をとりすぎています。もっと若い俳優でなければダメです。戯曲を読めば分りますが……（後日、冊子を読んだ松本典子さんから、この時宇野は演出を希望していた、という伝言を頂いた。歴史ある集団ではなく、若い集団の上演を希望していたという推測が当たっていたようだ）。

この後清水は宇野に宛てて「将門」と似たような悲劇、「我が魂は輝く水なり」（一九八〇年）を書いています。これは泉鏡花賞を得ましたが、老いた父親と死んだ息子が登場する非常に詩的な作品で、それぞれの青春、二十代の、三十代の、四十代の、五十代の、まさに青春が描かれています。
これも近年蜷川幸雄がコクーンで再演しました。そして私はこの舞台を、清水さんから招待券を頂いて観にいきました。七〇年代初めの政治の季節（革命集団の粛正）を描いた戯曲として初演時話題を呼びました。が、今回、何だかあまりよくなくて某新聞に批判的な次のような劇評を書きました。

「この戯曲は父と息子二人五郎と六郎の夫々の夢を追う青春のドラマであり、同時に集団が壊れていく時に起りうる一つの在りよう、〈生贄の抹殺〉を描き出した切ない芝居と見るほうがいい。現代の劇としてはこの方が身に迫る。蜷川演出も恐らくそうしたところにポイントを置いているように見えた。残念ながら成果は上がらなかったのだが……」「清水の詩的なセリフが聞こえてこない舞台に初めて出会った。演技術の異なった俳優達が生み出す劇空間は空しい。人気者を使わねばならない理由もわかるが、蜷川幸雄には、演出と俳優が対等に正面切って渡り合い、火花を散らし、否応もなく観客を異次元に引きずり込む、そんな舞台を作ってもらいたいと思う。」
（『週刊新社会』589号　二〇〇八年六月）

舞台は、それなりに出来上がっていましたが、問題が多かったのです［注5］。「将門」と似たようなシチュエーションは登場していましたが、やはり異なります。それは「将門」は再生を意図し、「輝く水」は一九八〇年という時代の、バブルがはじまる新しい時代への希望も描かれていたわけですから……。これが舞台には見えなかったのです。

こうして清水は固有の世界へ進みます。

清水邦夫は、「将門」を書き、それが上演されて生き返り、八〇年代の作品群へと飛翔していくことになります。本日は、ここまでで、またいつか機会がありましたら、この後の「清水戯曲の新しさ」をお話したいと思います。ありがとうございました。

[注]

1 スタッフ：演出―庄山晃、音響―照山真史・松尾智久、照明―山本圭太・森山麻美、舞台監督―松山立、制作―河原和。キャスト：赤井某（囚人）―酒向芳、松田某（囚人）―平野正人、井崎某（囚人）―大島宇三郎、獄吏1―田山仁、獄吏2―増田雄

2 ブログ「井上理恵の演劇時評」二〇一一年一一月二六日の劇評

清水邦夫の「署名人」（庄山晃演出）を観る（一一月二二日多摩美術大学、二三日世田谷文学館）。リーディングで上演された「署名人」！ この作品の上演は初めて観た。推測を上回る作品の良さと俳優たち（井崎：大島宇三郎、松田：平野正人、赤井：酒向芳、獄吏：田山仁・増田雄）の熱演に、清水のデビュー第一作を堪能することができた！

この一カ月余、上演後の講演を頼まれていたから清水の戯曲を読み直していた。そして改めてその劇作の新しさを認識し、同時に時代に密着して世界の演劇と同次元で生きていた清水邦夫と言う劇作家を再確認した。

「署名人」は、現在では考えられない破天荒な明治という時代をバックにして、監獄で偶然同室（?）になった国事犯三人の、存在を掛けた切羽詰まった時間が描出されている。大島と平野・酒向の絶妙なセリフのやり取りが、本物の国事犯と偽物の署名人との力関係の変化と存在の危うさとを見事に描き出していた。

3 『清水邦夫全仕事』（5巻）に納められた戯曲を、もっと舞台で見たい〜〜という思いにかられた。戦後のアメリカ演劇など上演しないで、六〇年以降の日本の劇作家の作品を是非舞台に乗せてもらいたい。

二〇一一年一二月三〜一一日　文学座アトリエ「テネシー・ウイリアムズ　一幕劇集一挙上演」倉橋健・鳴海四郎訳、鵜田俊哉演出。

4 一八二五年一二月に蜂起。一二月がロシア語でデカープリ、それでデカプリストという。

5 斎藤実盛—野村萬斎、斎藤五郎—尾上菊之助、巴—秋山菜津子、斎藤六郎—坂東亀三郎、藤原権頭—津嘉山正種、中原兼平—大石継太、平維盛—長谷川博己、乳母—神保共子、中原兼光—廣田高志、ふぶき—邑野みあ、郎党時丸—川岡大次郎、他

東京新聞五月八日夕刊で江原吉博も「一九七〇年代初頭のあさま山荘事件など、山岳地での連合赤軍による武装闘争を念頭に置いていると思われる。（略）作品の読み解きはさて置き舞台の印象は概して平板だ。実盛には若者への共感と覚めた意識の間で揺れる心が欲しい。五郎も老実盛に若さと情熱をかき立てるにはあくが弱く、コミカルに傾きすぎるのも気になる。全体に時代的な限界も感じる。」と珍しく批判していた。しかし江原は、この作品の新しい芽には気づかなかったようだ。

尚、わたくしの『週刊新社会』に載せた劇評は、拙著『ドラマ解読　映画・テレビ・演劇批評』（社会評論社二〇〇九年五月）にいれた。

第二章

「エレジー　――父の夢は舞う――」（一九八三年）

1　共同研究「エレジー　――父の夢は舞う　〈父〉という存在」［注1］

1

清水邦夫の「エレジー」は一九八三年九月に劇団民芸が初演した（演出宇野重吉、三越劇場［注2］）。戯曲は、讀賣文学賞を得ている。副題の〈父の夢は舞う〉でわかるように、家族の話で、〈家のローン返済をめぐって騒動〉が起る。その点では身近で極めて現実的な話であるが、そこは清水の戯曲だから、〈虚と実〉の間を浮遊して彼岸と此岸の境界へ着地する戯曲になっている。

清水は「ぼくのなかではとりわけ忘れ難い作品」として「エレジー」と「わが魂は輝く水なり」（一九八〇年）をあげている。二つとも宇野重吉のために書いた。「父を意識し、父という存在になんとか肉迫しようと悪戦苦闘した作品」だという。この作品の家族にとって父の存在は非常に大きい。それはこれまでの清水戯曲に登場した〈父〉とも異なり、もちろんゴッド・ファーザー〈功なり名を遂げた成功者〉の〈父〉でもない。

「エレジー」初演から五年後に宇野は亡くなるが、その追悼文で清水はこんなことを書いている（「宇野さんという存在」『民芸の仲間』一九八八年二月）。

宇野は清水にとってどういう〈父〉か、といえば、「〝父〟を感じさせる人（略）ご家族の方に申し訳ありませんがいつもおやじの前にいるような気持ち」になる存在、「姿が見えなくても、存在がピーンと感じられる（略）父の体温、父の尊厳、そして父の悲壮感……」

そういうもの、言い換えると「父という宇宙を誰よりも感じさせる存在」であったという。

恐らく果てしなく広くて大きく他者を包み込む、そんな父なのではなかったかと推測される。清水の実父は、宇野の死よりも一〇年も前になくなっている。そして宇野が逝って、清水の中で〈父〉という存在は、宇宙の遠い果てにいってしまったのかもしれない。この二作に登場するような〈父〉は以後、現われない……。

さて、清水は「父という宇宙を感じさせる存在」をこの作品に描いたのだ、と私たちは理解していい。それがどのような〈父〉であるのかを、これから見なければならない。

宇野のために書いたせいかどうか分らないが、珍しく登場人物の年齢が設定されている。宇野がやった主人公平吉・退職した元理科教師（生物）は六九歳、弟で妻子に逃げられドキュメンタリー映画を撮っている右太《みぎた》は六三歳、平吉の死んだ息子草平の妻塩子は三二歳、彼女の未婚の叔母敏子は四八歳、その従姉妹の子清二は二九歳、この五人が登場する家族のドラマである。

2

清水が好んだアメリカの劇作家テネシー・ウィリアムズは、多くの作品で自分の家族をモデルにして書いた。「ガラスの動物園」「欲望という名の電車」「熱いトタン屋根の猫」等、ほとんどに彼の姉や母そして自身が登場する。ウィリアムズは、一九八三年二月一五日に亡くなった。自宅で死んでいるのが発見されたのだ。「下着姿でベッドのわきの床に倒れ、傍に空になったワインの瓶や錠剤が散乱していた。（略）遺体の気管にびんのふたが詰って」いた。それで「窒息死」と推測されたらしい。これは清水のウィリアムズを悼む一文に記されている（「〈生きている詩〉となったT・ウィリアムズ」『新潮』五月号）。

この文章の中で、彼の作品の主人公が「時折、現実との接点を見失うということは実はウィリアムズの特性であり、またその瞬間が詩を醸成する源泉となっているといっていい（略）亀井勝一郎ふうにいえば、微妙なものは生き難い、したがって日常は微妙なものを埋葬しながら生きている、だからこそ詩は埋葬曲の調子を帯びる、それがウィリアムズでもある」と記した。これを読むと、前半はそのまま、後半は一部の清水戯曲に当てはまるような気がする。

ウィリアムズには〈生きている詩〉のような〈祖母〉がいたらしい。清水にもそんな存在がいたのではないか……。その一人が宇野重吉ではなかったのかと思う。宇野重吉は、俳優だからセリフの〈音〉を大事にしたと清水は書く。これを知って、かつて『久保栄研究』（1巻）で久保の「火山灰地」のセリフは〈口の端に乗り易い〉と宇野が言っていたことを思い出した。座談会出席者には俳優宇野の発言は理解し難かったようだが、セリフの〈音〉を問題にしていたのだ。清水が「エレジー」を書き継いでいる時、途中でみせると、宇野は「全部ほんいきで読んで聞かせ」たらしい。清水と会うといつも宇野の「口から出ることばは〈音〉のことばかりで」、俳優たちのセリフの〈音〉と、悪い音を野放しにする演出家についての憤りを語ったらしい。

それを清水は「端的にいってしまえば、演劇は〈生命の直接的な音〉をもっていなければならない〈略〉どんな高邁な思想も、演劇人はそのことばを生きた〈音〉に変えなければ意味がない」(「宇野重吉さんの死」)と理解した。もしかすると清水にとって宇野重吉は〈音を出す〉〈生きている詩〉のような〈父〉であったのかもしれない。宇野は「過剰な表現をきらい、〈省略〉による飛躍と余白の広がりを求めた」らしい。〈省略〉は〈詩〉につながる。そして宇野が発話する〈音〉を聞きながら「エレジー」の上演台本ができあがった。

ウィリアムズが死んだ年に、「エレジー」は世に出た。現実的な話を芯にしているが、清水にとって「エレジー」は宇野に宛てたものであると同時に、ウィリアムズの死を強く意識し、登場人物が「時折、現実との接点を見失う」作品となったのではないかと推測している。

3

初めに触れたように「エレジー」は、極めて現実的な家のローンの支払いと〈家を持つ〉という大衆の願望とが芯になって話が拡がる。これに平吉と塩子、塩子と敏子、塩子と清二、右太《みぎた》と敏子が翻弄される。平吉が住んでいる家は平吉が八年前に購入した。それで年齢が詳細に記されていたのである。ここに描かれたローンの支払いは、変っている。頭金を出したのは平吉、月々のローンは草平が支払っていた。この家の買値も月々の返済額も不明。分っているのは平吉が死んだ時、ローンを支払い続けていれば草平のものになるという約束があったことだけ。草平は一人息子だから平吉の遺産は自動的に彼のものとなるが、平吉は息子に支払わなければ家はあげないといった。それで草平は〈がぜん〉張り切り、返済をしていたのだ。これは幕が進むと分ることだが、平吉は水泳コーチの草平に責任感を持たせ自立した男……塩子のような凛々しい存在にしたかったようだ。

四年前に草平が女優の塩子を連れてきた。二人は結婚してこの家に共に住もうと、平吉に塩子を会わせに来たのだ。が、平吉と塩子の波長が合わなくて顔合わせは失敗し、草平は家を出た。その後平吉は草平に一度も会っていない。そして草平と塩子は家のローンを払い続けていた。が、突然草平が肺炎で死んだ。そして舞台の幕が開く。

このように書くとまさに写実的な芝居のように思ってしまうが、そうではない。一三場から成る劇構成がそれを拒否している。奇数の場は、登場人物がほぼ二人で序詞役のような右太が舞台を進行する。偶数の場では家のローンをめぐる混乱状態が進み、同時にこの家族の隠されていた過去が表面化する。そして日常が消し去ろうとしている〈微妙なもの〉が浮上するのである。

一場、時は夜。草平が死んだ。葬儀に出なかった平吉はこの夜、彼岸と此岸の境界にいた。踏み切りの警笛が聞こえる。草平があちらの世界へ行ったから、彼の居ないことを確認したかったのか、あるいは踏み切りで自身があちらへいきたかったのか……それは分からない。それを見て驚く右太。

話は、平吉が〈現実との接点を見失う〉ところから始まる。次の場で思いがけない現実が訪れる。

二場、塩子が平吉に会いに来る。平吉と塩子はここでも行き違うのだが、平吉は塩子に言う。共稼ぎでローンの返済をしてきたとなると、「四年半のあいだに払ったローンの金は返さなくちゃいけない。それがすじだ。」「いりません、そんなの。」「そっちが要求して当然の金だろう。やせ我慢するな。」「そうおっしゃるなら、返していただきます。助かります。」「しかし正直のところ金がない。払えない。」

平吉は右太の映画つくりに金を貸していてたくわえがない。しかも右太は返す返すといって返せない。甘ったれた弟なのだ。草平も似たような男だと、平吉は思っている。凛々しい父である平吉に塩子は「四年半、ローンのお金を払うことに生甲斐を感じてきました。」自分にはいろんな夢があったが、「結局はそのことばどおり夢は夢で……そんななかで唯一具体的だったのは、この家のことだったんです。でもあの人が死んでだめになりました。正式の妻じゃないあたしにはなんの権利もない……家の夢はあっさりシャボン玉のように消えました……結局はあてにならないものをあてにして生きてきたんです。」

平吉は右太と塩子と話をしているうちに、彼女の中に自分と似た資質があることを発見する。そして塩子に夢を与えようと思う。ローンをそのまま払い続けたら「わたしが死ねば、この家はお前さんのものだ」と提案、塩子はそれを受ける。

このあとこの家のローンをめぐって話は思いがけない方向に展開する。中途半端な立場の右太は、このドラマで平吉と塩子たちの間に立つ仲介人のような役回りをすることになる。

4

四場、塩子は、女優の仕事もあまりなく、同居している叔母の経営するコヒー店で働いていた。そしてローンも一人では払えなくて、叔母の助けを借りていた。独身の叔母敏子は、お金を出しているのだから家の権利を主張したい、それには家を見たいと言い出す。平吉の留守を狙って、右太の手引きで敏子と塩子と清二――塩子に結婚を申し込んでいる――が平吉の家を見に来ることになる。

平吉は、退職してから凧の研究家になっていて、その会合で外出した日に三人が訪問する。ところが会合の日を間違えた平吉が家にいたことから、話は混乱する。右太と間違えた敏子と清二、遅れてきた塩子と右太……このあたり、非常にテンポよく進む。清水はウエルメイドプレイの作家かと見紛うばかりの進展ぶりである。

彼らが去って一段落すると、塩子と平吉に擬似親子のような関係が生れていることがわかる。まさに「父の夢は舞う」なのである。平吉は心臓が悪かった。医者を呼ぶ塩子は頼もしい。

五場は、右太と敏子。このドラマの構成は奇数の場がいつも二人になっている。一場は平吉と右太、三場は塩子と右太、そして五場が敏子と右太。筋の展開も古典劇のような構成をもっている。これはあとで塩子がラシーヌの「アンドロマック」を演じるから、それを意識しての構成だと推測される。

すべての奇数の場に右太が登場する。右太は平吉の側の存在だが、二つの集団を行き来する仲介人の役割をしていることが理解される。古典劇の侍女や腹心の家来にあたるが、右太の場合は、主人に従順ではなく意に反する存在になっている。この辺りの設定も興味深い。

この場で妻と子に逃げられた右太の過去と料理学校の教師をしていた敏子の過去が明らかになり、塩子がかつてアルコール中毒で入院していたことなども敏子の口から知らされる。さらには〈血縁の人間がどこまで信じられるか〉、というシビアーな問題まで言及され、二人には何だか興味深い状況が生れる。

六場、平吉と塩子が穏やかに談笑。敏子と会っていた右太がご機嫌で入って来る。ここで敏子の病気や塩子がアルコール中毒で入院したときにリハビリテーションの訓練士だった草平と知り合ったことなど、最も遠い過去が明らかになる。敏子が神経を病んでヒステリー状態に陥ったことや刃物をもって暴れたことなども……

塩子は「草平さんだけじゃなく、あたしだって糸の切れた凧と同じなんです……凧のなかをあてもなくただふわふわと漂っているだけ……」、女優と言う仕事にも夢を持てなくなっている塩子が絶望的にウイスキーのグラスを口にしようとする。と平吉がそれを取って飲み干す。親が子を案じるかのように……。まさに擬似親子なのであった。

平吉は塩子にいう「インドの奥地で全身傷だらけのトラが、三頭のゾウを倒したという。その作者がいうには、とにかく猛獣は手負いの方が断然強いそうだ。」

つまり人も傷ついている存在の方が強く生きられるんだと塩子に伝えているのだ。まことに平吉はやさしい。平吉は他者を包み込む大きな父、宇宙だった。宇野重吉と清水邦夫が、この芝居では平吉と塩子なのである。

5

七場は、久しぶりに舞台に立った塩子が「アンドロマック」（ラシーヌ）のエルミオーヌを演じている。この悲劇に登場する四人は、エルミオーヌを恋するオレスト、ピュリュスを恋するエルミオーヌ、アンドロマックを恋するピュリュス、亡き夫を忘れないアンドロックというように、四人の恋の成就が叶わぬ芝居である。

舞台はピュルスを愛するエルミオーヌが彼の不実を呪うセリフだ。「ああ、わたしは愛しているのか、それとも憎んでいるのか、それさえも知ることができないの？　無慈悲な男！（略）一言でもいい、あの男の口から、辛い叫びを引き出すことができたら……ああ……」

よせばいいのに右太はそのセリフを解説する。平吉と塩子をイメージして……、右太は映画をつくっているのに、具体的現実的で発想に〈詩〉がない。ドキュメンタリーにも〈詩〉がなければならないのに、俗な観念にとらわれている。それで映画が当たらないのだろう。

清水は観客に落とし穴を作ったのだ。

八場、平吉の家。敏子と清二が又、家を見に来た。右太が案内している。今度は芝居の後で案内すると平吉に話してあった。平吉は芝居を観にいかなかった。

塩子が花束を抱えて到着。今見た芝居の批評が始まる。塩子は劇中の女の行動がつかめない。オレストという「男の行動の方がなんとなく理解できる」と言う。そのあと塩子の気分が悪くなり別室へ。それを哀しがる平吉は「どうして一方では神経症に悩まされる人間がいるんだ。いろんなことに適応できない人間が」……と呟く。自由な人格が最も好ましい筈なのに……と。そして清二に、「塩子と結婚したいんだろう。だったら彼女の病いの正体をちゃんとつきとめるべきだろう」という。平吉は塩子の結婚、幸せを願っているのだ。

この幕で、前幕のエルミオーヌのセリフにあったような平吉の辛い叫びが引き出される。塩子はあるとき草平が語った言葉を告げる。「うちのおやじはさっぱりわからん、おれに期待しているのか絶望しているのか……」という一言だった。そして続けて塩子は問う「お義父さんの理想とする青年像はどんなタイプか?」「ま、厳密にいっておらん。しいていえば、お前さんがヒゲをはやしたような男だな……」「真面目に聞いているのに!」と怒り立ち去る塩子。

残された平吉は苦笑して「こっちだって真面目に答えているんだ。」、そして「草平のやつ、甘ったれやがって、おれに期待してるのか絶望してるのかさっぱりわからん? ……バカモン、絶望なんてそう簡単にできるか、期待してるにきまってるじゃないか……ただ、お前たちの人生と安っぽく折り合いをつけて暮すのは真平だ……うまく暮したかったら、そっちで折り合いをつけろ、それこそ若者らしい柔軟なアタマで……といっても、もう遅いか……お前は死んだんだ……時々、それを忘れてしまう……」

平吉の想いを、息子の草平は気付くことなく死んだ。親は成人した子に近寄らない。子の方が親に寄っていかなくてはならないのだ。それに成人した子どもは気付かない。もしかすると親と子は、この二人のように行き違って別れていくものなのかもしれない。

6

九場、右太の寝泊りしている事務所に敏子がくる。塩子と清二が自分を邪魔者にしていると勘違いして敏子は家を出てきた。彼女も病んでいるのだ。話は更に混戦し、平吉が知らなかった草平の現実が次の場で浮上する。一〇場には重いセリフがいくつも出てくる。

一〇場、皆がハサミを持って家を出た敏子を心配していると、夜、風が出てくる。凧をあげたいという平吉。夜の凧は、「なにも見えないから、糸を通して判断するしかない……糸に伝わってくる感触から凧の動きを察し、あれこれ一生懸命あやつっていると……心のなかに凧の姿がはっきり見えてくる」。それを聞いた塩子は「人間なんてその逆……毎日顔をつき合わせていると、かえってその人の姿が見えにくくなってくる……」。清二が塩子に問う。〈どんな男が塩子を狂わせたのかと……〉「女優と言う仕事」が狂わせたと応える塩子。

敏子の入院と治療の話になる。〈人の心を治療できるのか……?〉という問題だ。医者の清二は「病んだ心」を入院させて治療したいという。平吉は「精神とか魂にたいして、治療なんてことばを簡単に使うもんじゃない……われわれは魂のへたな治療にもうあきあきしてるんだ」。

そして右太は突然、平吉が塩子に恋をしていると言い出す。「色に出にけり、わが恋は」だと……。はたして平吉は恋をしているのか…。妻子に逃げられた右太は、敏子に〈最後の恋〉をしていた。他者を自己の経験の中でしか理解できない人々は多く、右太もその一人であった。医者の清二も同様で「老人が若い女性にあこがれるとホルモンの分泌がよくなる…」などと言い出す始末。

平吉は言う。「ふつうなら、わたしはここで否定するわけだ、少年のように顔をあからめて……そう期待してるんだろう。誰がその手にのるもんか……外はいい風が吹いている。ちょっと凧を上げてくる……」、清二は言う「ぼくはあなたと塩子さんがどうであれ、彼女と必ず結婚しますからね！」「……いいだろう」と応える平吉。続けて「あなたは偽善者だ、インチキだ、」という清二は、草平もそうだったと哀しい過去を告げ始める。悲鳴のように叫ぶ塩子。

詐欺の常習犯だった草平。それもせこい詐欺ばかり、彼が警察につかまらなかったのは、あまりにもちゃちな詐欺だったのと、塩子さんが懸命に働いて被害者に弁償したからなんだ……塩子はいう〈悪い人じゃありませんでした〉〈なんとか人の期待に応えようとしてがんばるんだけど……ついそれが裏切りになってしまう……そういう人でした……〉

平吉の弟の右太も似たような存在であったから、右太は何も言えなくなる。平吉は言葉もなく凧を手に庭へ消える。想像もできなかった草平の現実を知った父は、どんな絶望を抱え込んだのか……

7

平吉を追いかけて塩子は謝る。平吉は「わたしがいかん……なぜ四年半も会おうともせずに、あいつを放ったらかしにしてたのか……」と、そして小学生の頃、友だちのグローブを盗んだことを思い出し、草平を強く叱らなかったことを悔いる。

塩子が理想とする青年像をまた聞く。平吉はお前さんがヒゲをはやしたような、……とまた応える。塩子が〈バカにしないで！　お義父さん……あたしは女なんです〉といってスカートを翻して去る。

塩子は何故、「あたしは女なんです」といったのか……　彼女は平吉を恋していたのか……？　違うだろう。塩子は平吉の娘になりたかったのだ。たよりない草平を父のように男のように包み込んで生きてきた塩子は、大きな広い心を持った宇宙のような父の娘になりたかったのだ。

右太は自分の軽薄さを嘆く「わたしがいけなかったんです。（略）どうしてあんなことをいってしまったのか……やはり人間の出来が悪いんです。（略）草平とわたしはよく似てるようです、なんとか人の期待にこたえようと思いながら、つい裏切ってしまう……」

酔った塩子が、エルミオーヌのセリフを言いながら登場する。家のローンの書類をなげる。「ゲームはおわり、本日限りをもって、ゲームからおろさせてもらいます……」そして家を飛び出す。表のほうで自動車の急停止する音……　塩子が轢かれた。

最終幕、右太が草平の時と同じように葬式に出た帰り、泣き続ける右太に平吉はいう。「やめろ、みっともない……」、平吉が足をとめる。電車の踏み切りの警報が聞こえたのだ。「……いまの電車に……塩子がのっていた……」　闇にとざされていく……

序幕で、踏み切りを通り過ぎる電車に平吉は草平を見ていたのだ。そして今、終幕に現われた電車に乗っていたのは塩子……　二人は平吉の子どもになったのだ。そして此岸と彼岸の間で平吉に別れを告げていたのである。

清水邦夫と宇野重吉は、男同士の関係であったから父と子になれた。しかし塩子と平吉は女と男であったから、父と子になれなかった。出来の悪い俗物の詰らぬことばで傷ついて……世間は男と女を、人間同志とは見ないのである。相寄る魂を持った自由な存在の彼らを傷つけ、殺す。しかし世間はそれに気付かない……であるからこそ世間は、日常は、生き続ける。〈微妙なものは生き難い、したがって日常は微妙なものを埋葬しながら生きている、だからこそ詩は埋葬曲の調子を帯びる〉

踏み切りの警報が、二人の子どもを乗せて走る電車を通過させる……遠くへ……。宇野重吉に当てた「エレジー」はテネシー・ウィリアムズへの埋葬曲でもあったのである。

［注］

1　第二回目は、リーディングの上演時間が二時間を超えたために、開催日に簡単な挨拶だけをして後日、DVDに入れる冊子に原稿を書いた。従ってこの回は論文としてまとめた。
「エレジー」スタッフ　演出：萩原朔美　美術：石田尚志　照明：増子顕一・山本圭太　音響：照山真史・松尾智久　衣装：加納豊美　舞台監督：河原和　制作：庄山晃。キャスト　平吉：菅野菜保之　右太：大島宇三郎　敏子：つかもと景子　塩子：新井理恵　清二：松山立

2　宇野重吉演出の劇団民藝初演の出演者―宇野重吉・南風洋子・仙北谷和子・三浦威・西川明など。

2　「エレジー　――父の夢は舞う――」
井上理恵の演劇時評（二〇一一年一〇月一五日公開）

可児文化芸術振興財団主催の「エレジー　父の夢は舞う」を観た（吉祥寺シアター、二〇一一年一〇月一四日）。

清水邦夫の戯曲が久しぶりで舞台に乗った。平幹二郎の父平吉、坂部文昭の弟右太、山本郁子の息子の妻塩子、角替和枝の塩子の叔母敏子、大沢健の塩子のまた従弟清二。五人が描き出す「エレジー」の世界は、まさに「父の夢は舞う」魅力的な舞台であった！

「オネーギン」や「大尉の娘」を書いたロシアの〈愛と詩〉の国民的作家といわれるプーシキン。彼の詩から清水はこの戯曲のタイトルをつけた。劇団民藝の宇野重吉に宛てて書いた戯曲で、初演は宇野。その後清水と松本典子の木冬社が名古屋章で上演した。

読売文学賞を受賞した作品で、その授賞式で宇野は「エレジー」の次の一節を朗読したという。〈もの狂おしき年つきの消えはてた喜びは、にごれる宿酔に似てこころを重くおしつける、すぎた日々の悲しみは、こころのなかで酒のように、ときのたつほどつよくなる……〉

この詩が、「エレジー」の平吉の真情をよく表現していると、わたくしは思う。

さて、高校の生物教師であった平吉は、退職して凧の研究家になっている。彼には草平という水泳コーチの息子がいた。頭金を平吉が払い、ローンを草平がはらっている家があり、平吉が今、一人で住んでいる。

草平は女優の塩子と結婚しようと平吉に合わせるが、言葉の行き違いでけんか別れになる。そして草平は家を出て、彼女と同棲。平吉は結婚を認めていない。平吉が死んだら家を貰うという約束でローンを払い続けていた草平と塩子の二人。

四年後に草平が病気でなくなる。平吉は葬式に出なかった。寺の前まで行ったが……出なかった。そういう父であった。

清水の戯曲の対話のうまさは抜群で、幕開きから幻想の電車が通るという平吉と弟の対話、塩子が訪れた後の三者の対話……幕開きから軽快に舞台は進む。平が魅力的な老いた剛毅な父を味わい深く演じている。

途中で、セリフに詰まる場があった。プロンプがいない……！　これは舞台監督のミスだ。もちろん平は繰り返してセリフが出た。俳優はどんなに万全であっても、ある瞬間に言葉が出なくなる時があるのだ。それが生きた舞台の現実……裏方はその役割を果たさなければならない。


さて、草平の死んだあと、塩子はローンをほっておいたから督促状がきた。それを持参して、二人は再会する。平吉は竹を割ったような明晰で正直な塩子が気にいっている。息子草平とは違うところがある塩子を……！　それは草平の記憶を感じさせるからだろうとわたくしは推測している。

ローンを塩子が払い続け、平吉が死んだあとには塩子にあげるという約束ができる。しかし売れない女優の塩子には払い続けることができないために喫茶店を経営している叔母の敏子にも協力してもらう。いずれ自分の家になる「物件」をみたいという敏子。敏子はアパート二間に塩子と住んでいた。塩子のまた従弟で塩子に結婚を申し込んでいる清二。

生活力がなく妻と子に逃げられた記録映画などを作っている平吉の弟右太、彼に草平はよく似ていた。

平吉の留守に家を見るために集まるが、平吉と鉢合わせ〜〜〜この辺りの展開も俳優たちの達者なセリフのぶつかり合いで面白く描出される。

塩子は久しぶりに舞台に立つ。ラシーヌの「アンドロマック」。彼女の役はエルミオーヌ。劇中で語られるセリフはこれだ。

「ああ、わたしは愛しているのか、それとも憎んでいるのか、それさえも知ることができないの? 無慈悲な男! わたしに帰れと言った時のあの眼付きはどうだろう……せめてうわべだけでも、不憫だ、自分は苦しいというわけでもない、いっときでも、あの男の顔に、後悔や同情の影がさしただろうか? 一言でもいい、あの男の口から、つらい叫びをひきだすことができたら……ああ……」

演出の西川は、プレイビルに「失った息子への悔み、残された息子の嫁にたいするほのかな恋心……」と書く。分かっていないとわたくしは思う。そんな俗の次元の話ではない。そして平幹二郎もそうは演じていない。そこがとてもよかった。

塩子は草平のようにだらしなく、ふがいない男ではない父平吉にあこがれと恋心にも似た思いを再会して抱いた。しかしそれはエルミオーヌがピュルスを恋するのとは異なる。

そして平吉も、男々しい塩子が気にいっているが、恋心などと言う下世話な思いを抱いているのではない。塩子といると息子の影を感じることができるのだ。

そして四年間も音信不通にしていた自分に怒りを覚え、後悔もしている。がそれを口には出せない。まさに「消え果た喜び」なのだ、彼にとっての草平は……まだ生きていたのだ。死が現実に思えない。死んだ姿を観ていないから……。

最後に草平が詐欺まがいの事をしていたことを清二から聞かされる。草平がまさに、碌でもない男であったことを知る。尻拭いをしていた塩子。その衝撃……はおおきい。

塩子は言う、理想の青年像は……？　平吉は応える。「お前さんがヒゲをはやしたような……」、塩子は「バカにしないで！　お義父さん、あたしは女なんです。」

塩子は女として見てほしかった、ほのかな恋心をいだいていたから……凛々しいお義父さんに……。しかしそれはお義父さんとの恋を成就させるという、そんなことを思っているのではない。力強い理想的な青年とおもっていた塩子も、平吉を理解することは出来なかったのだ……。

最後の場面、幻想の電車に塩子が乗っていたと言う平吉・・・おそらく幕開きの電車には、草平が乗っていたのだろう……。


父と子は分かりあえない。父が剛毅であればある程、子は小さくなり……離れて行く。が、……しかし子が親に近づかなければいけないのだと、平吉はいう。

人と人が分かりあうということはどういうことか……そう、できにくいのだ……

丁度医者の清二が魂を治療するといったとき、そんなことができるのか……と平吉が言ったように……。

草平が親父は「おれにきたいしているのか絶望しているのか」と塩子にいったという。負い目の多い息子であったことが理解される。

平吉は、一人になっていう。「草平のやつ、甘ったれやがって、おれに期待しているのか絶望しているのかさっぱりわからん？……バカモン、絶望なんてそう簡単にできるか、期待しているに決まってるじゃないか……」。

そう、親は子に決して絶望はしない。期待しているに決まっている……ダメだと分かっても期待する……。

死んだ息子と死んだ息子の嫁……幻想の電車に二人は一緒に乗っている日はくるのだろうか……。

深い思いを抱えた父親を平幹二郎は実に見事に演じていた！　シェークスピア上演もいいが、日本の劇作家の作品にも意欲を燃やしてほしい俳優だ……。

主催者が観客へのプレゼント。

可児の薔薇をお土産に頂く。美しいバラ一輪……！　なんと洒落ていたことか！　清水邦夫の戯曲上演に似つかわしいプレゼント。そして薔薇のジャムを購入して帰宅した。おいしいジャムであった。

3　木冬社の「エレジー」
（一九九九年三月四日～一七日紀伊國屋サザンシアター）

「エレジー～父の夢は舞う～」が、'99都民芸術フェスティバル（東京都助成）参加公演で上演された（三月六日に観劇［注1］）。日本劇団協議会主催公演で当時の都知事は青島幸男だった。公演プログラムで作・演出の清水邦夫は次のように記している。（／原文改行）

「父が先に死ぬとは限っていない。／野の樫の木のように父が生き残って、／息子や娘が先に死ぬこともある。／今日、そういった現象が〈家族〉というものの生態系を／突如崩している。／長寿社会になった現今、／こういった生態系の乱れがあちこちに生じている。／それが悲劇を生むこともあれば、思いがけない新しいかたちの愛を生むこともある。／わたしは高度成長、／バブルとつづいた社会を土台に、／そういう愛を掘りおこしてみようと試みました。」

清水は、木冬社の俳優たち――平吉：名古屋章、右太：安原義人、清二：磯部勉、塩子：松本典子、敏子：黒木里美――に合わせて、登場人物の設定を一部変更している。プログラムの「ストーリー」にはこのように記された。

塩子の松本典子、平吉の名古屋章

「一人息子に先立たれ、空に泳ぐ凧に自分の孤独をダブらせる老父、平吉。映画関係の仕事をしている弟の右太は、いい年をして兄に借金をかさねています。ある日、亡き息子の内妻である塩子が、住居の問題をめぐり訪ねてきます。初対面からウマの合わなかった平吉と塩子ですが、激しく対立しながらも、お互いの魂の孤独さに、自分と同じものを感じて、次第に相手をかけがえのない存在として認めあっていきます。そこに、塩子の義妹である敏子、その親戚筋にあたる清二が加わり、右太も交えて、不思議な家族ゲームを繰り広げていきます。孤独と狂気の淵に、思いがけない新しい愛のかたちが生まれますが、やがて、彼らの前に思いがけないドラマが……」

初演時塩子の叔母であった敏子は、塩子の義理の妹ということになった。つまり塩子の弟の妻ということだ。黒木里美が松本典子より若かったからである。舞台の記憶は薄れていて、敏子と右太の恋愛的なものはどうだったのか、思い出せない。初演は東京に居なかったから観ていないはずだが、何故か宇野重吉の演じる平吉のセリフが聞こえてくるような気がする。名古屋章の少しコミックで哀愁を帯びた姿はぼんやり思い出す。松本の塩子の印象が強く、「アンドロマック」のエルミオーヌのセリフが耳に残る。おそらくラシーヌの悲劇が好きで、特に「フェードル」と「アンドロマック」は何度も読んだからだろう。

「作品についての幾つかのメモ」で清水は、初演パンフレットに載せた「創作メモ」に触れている。「某月某日。ある老人と、死んだ息子の愛した女との奇妙な友情をたて糸に、〈住む〉話が徐々にかたちになり出す。」これは「住む」ことが重要な話であったのだ。きっかけは武蔵野市の一人暮らしの老人の老後を市が見る、ということであったらしい。文中で外国の一人暮らしの老人の老後について一つの例を引いている。どこの国かは分からない。

「独り暮しの老人が頭金を払い、家を買う。と、まるで血のつながっていない若い夫婦が月々のローンの支払いを受けもち、老人が死んだらその家をもらうといった契約である。若夫婦にとって老人が死ぬまでその家には住めない。しかし一年ぐらいでポックリいけば、すぐに住める。要するに若夫婦はローンの支払いをしながら老人の死を待つわけだが、そこに両方の虚々実々のかけひきがあって、おたがいの生き甲斐を醸成している……」

この外国の老人対策の情報が、父親の購入した家のローンを息子夫婦が支払うという「エレジー」の〈住む話〉へと発展した。「血のつながっていない若い夫婦」を〈疎遠な水泳コーチの息子夫婦〉

に変えたのは、前者では日本社会になじまないからだろう。同時に〈住む〉ことに拘ったのは清水自身の年齢の積み重ね、簡単にいえば一九八三年の初演時、四十代後半になっていたからであるようだ。

「若い時には〈住む〉こと、〈住みつく〉ことに甘美な拒否反応をもっていた。漂うとか、浮浪するとかに、あこがれたからだ。それに事実、それに近い生活を十年近くもつづけた。けれども年齢をとるとともに、そんな甘美なものは消え、いや応もなく〈住む〉ことを凝視せざるをえなくなってくる。〈略〉〈住む〉ことと徹底的に対峙した時、おのれの内部に棲む恐怖の大きさ、おののきの大きさに気づき、たじろぐ……」

〈住む〉ことをこのように形而上的に捉えるのも、いかにも清水らしい。そして同時に、〈住む〉ことに拘っていた息子とその妻、世の常のならいなら〈父の死〉を待つことになる息子夫婦は先に逝き、六九歳の父が残されるというドラマだった。何という不条理であることか…… これは父の「内部に棲む恐怖」と捉え返すことが出来、〈住む〉ことを通じて獲得することが可能になった「おたがいの生き甲斐」は共に消え去る。こんなドラマであったと、語っているように思われる。

これを知って、「エレジー」は、清水戯曲が幾通りにも読み込めると告げているいい例であることがわかる。

［注］

1 作・演出：清水邦夫　美術：妹尾河童　照明：服部基／山口暁　音響：深川定次　衣装：若生昌　舞台監督：

富川孝　演出補：小笠原響

本稿は、木冬社公演プログラムを読み新たに記した（二〇二〇年五月）。

第三章

『楽屋』の虚構性——その謎を解く[注1]（一九七七年）

「清水邦夫の劇世界を探る」も今年でいよいよ最後になった。この共同研究は、第一回が男性ばかり五人の「署名人」、二回目が男三人女二人の「エレジー　父の夢は舞う」、最後が今回の女性ばかり四人の「楽屋」である[注2]。歴史上のある事実に取材した「署名人」、親子の関係を描いた「エレジー」、〈虚と実〉という〈演劇〉を扱った「楽屋」、と三作品ともそれぞれ異質な題材の戯曲でバラエティーに富んでいる。この企画を運営している庄山晃氏はとても興味深い選択をしたと思う。

さて、清水邦夫は、一九七五年に劇団民藝の女優松本典子と結婚し、翌年木冬社という小さな演劇集団を立ち上げる。以後、清水戯曲の多くは松本典子にあてて書かれていく。こんなに恵まれた女優は、ざらにはいない。いるとすれば山本安英ぐらいだろう。「楽屋」は、木冬社第二回公演として渋谷の山手教会地下にあった小さな劇場ジャンジャンで、一九七七年七月に初演された。

清水には〈バイブル〉にしているような、読むと「元気の出る本」が二十代からあり、シェイクスピアの悲劇やチェーホフの多幕物戯曲、T・ウイリアムズの一幕物戯曲がそれにあたる。これらの作品と清水の関係は、第一回目に少し触れた。その後年月が経て、チェーホフの一幕物もその〈バイブル〉の役割を担うようになったという。その中の一つに「白鳥の歌」がある。これは築地小劇場開場演目の一つで小山内薫が浅利鶴雄訳で一九二四年に初演した（開場演目は、他に「海戦」「休みの日」、浅利鶴雄は劇団四季の浅利慶太の父）。

チェーホフの「白鳥の歌」（一幕）は、場所が劇場の舞台、時が終演後の皆が帰った後、男優と男性プロンプターという男二人の登場人物である。主役を演じることの出来なかった男優の鬱屈した想いがこの作品にはある。開場のお目出度い舞台でこんな地味な、殆んどモノローグのような芝居を小山内はよく選んだと思うが、俳優の悲しみ、もう少しいえば演劇の〈虚と実〉の込められた小品で、これは初演時にはあまり話題にならなかったとはいえ、多くの俳優たちが一度は抱え込む問題でもある。さすがに小山内薫だと思わざるを得ない。

清水邦夫の「楽屋」はこれに似ているが、設定はすべて逆になっている。舞台ではなく楽屋、終演後ではなく開演中で終幕に向かうところから幕が下りたあとまで、男優ではなく女優、二人ではなく四人、生者だけではなく生者と死者という具合である。もちろん松本典子に宛てて書いたから女優になるのだが、それだけの理由ではなく、チェーホフの「白鳥の歌」へのある意味での清水邦夫の挑戦であったとわたくしは思っている。

発表以来、この戯曲は多くの若い集団によって上演されてきた。そのせいか、清水はこの作品について、上演しようとする若者たちに向けた一文を二年後に書く。これはその後『楽屋、流れるものはやがてなつかしき』（レクラム社一九八九年一月）に収められてその中で、この作品は「ぼくが主宰する演劇グループの若手育成のために書いた（略）レッスン用の台本のつもりだった」と記している。けれども初演では、本日、羽子田洋子が演じた〈女優C〉を松本典子がやっているから、初めからそういう意図があったとはどうにも思われない。それに「レッスン用」にしては、かなり難しい作品だ。ただ、過去の戯曲のセリフがいくつか出てくるし、セリフの練習になるといえばいえるかもしれない。

この戯曲はシチュエーションがいかにも現実にありそうな感じがする。その上出演者が女性ばかり四人、上演時間も六〇分前後というので手軽に上演しやすい条件がそろっている。これが作者も驚くほど上演申し込みが相次いだ理由で、発表後一〇年間で千五百位の申し込みがあったという。それから更に二〇年以上経過している現在では無届上演も考慮すると五千回以上とりあげられている可能性があり、もしかすると日本一上演回数の多い戯曲であるかもしれない。このあたりもチェーホフの「一幕物戯曲」と似ている。つまりそれだけ〈とっつき易く〉〈手軽〉で〈面白い〉戯曲なのである。しかし、御覧になっておわかりのように、一筋縄ではいかない戯曲だ。これを上演した人たちからは「手強《てごわ》い」といわれているのも理解できる。本日はこの戯曲の〈虚と実〉つまり〈虚構性〉を中心に、いわゆる〈謎解き〉をしていくことにしたい。

さて、楽屋というのは、どこの劇場にもある。俳優にとって舞台は観客と接する「表」と言ってよければ、楽屋は「裏」で俳優たちが〈実〉から〈虚〉へ変身し、また〈実〉へ戻る場だ。つまり〈現実の世界〉から〈虚構の世界〉へ移行する場である。

清水は、この戯曲を書こうと思ったきっかけについてこのように語っている。

「某劇場の楽屋をたまたまのぞいた時、壁に奇妙な焼けこげがあるのを発見し」、それが「くっきりとアイロン型の焼けこげ」であった。そこからあるドラマを想像して、この「楽屋」が出来上がったという。「焼けこげ」に俳優の〈怨念〉とか〈執念〉とかを感じとったのかもしれない。劇作家の想像力には驚きを禁じ得ない。

登場人物は、死者と生者四人。楽屋に住み着いている死者二人、彼らは舞台で脚光を浴びずに、亡くなってしまったプロンプター専門といっていい女優でAとB、生者は今も主演をはっている女優CとCのプロンプターをしている若い女優D。つまり死者A、Bの二人が生きていたときの現実は、それぞれ時代は異なるが、生者CとDの関係のDの位置に、AとBがあったことになる。

そしてCのプロンプをしているDが、最後にAとBと同じように、死者の世界へ、舞台上で生から死へと移行する。戦争・自殺・不慮の事故と、女優たちの死の原因は異なるが、楽屋に住みつく存在が一人増えていく。彼女たちが最後にチェーホフの「三人姉妹」の幕切れのセリフ――「わたしたちだけがここに残って、またわたしたちの生活をはじめるのだわ、生きていかなければ……」（マーシャ）、「やがて時がたつと、わたしたちも永久にこの世にわかれて、忘れられてしまう。」（オリガ）――を発話するのは大きな意味があって、それは彼ら死者の状況と重なるからである。彼らの存在は〈忘れられる〉けれども、おそらくこれからも楽屋で生きなければならない死者（亡霊）が増えるだろうと言う〈意〉が、ここには込められている。この後も増え続けるというニュアンスが込められている。

プロンプターというのは、どの芝居にも必ずついている存在で、俳優がセリフを忘れた時に影から小声で、客席に聞こえないようにセリフを教える。演出助手などのスタッフがやる場合とか、劇団などでは、重要な役についていない俳優が担当している。ここでは後者である。

そこでどんな「実と虚」がここには描かれているのか、この作品の〈虚構性〉をAとBの語られるセリフから見てみよう。

それによって何を表現したかったのか……そのあたりを探って行きたい。

女優Aは「マクベス」（シェイクスピア作）のマクベス夫人、と「斬られの仙太」（三好十郎作）の仙太のセリフを語っている。「斬られの仙太」は一九三四年に上演されている。ここから判断すると、彼女はたぶん戦前の中央劇場（元左翼劇場）の女優で、プロンプをしていた。たぶんその頃二十歳から二五歳ぐらい。そして太平洋戦争で爆撃に遭い死んだという設定だろう。つまり彼女は三十歳ぐらい、あるいは四十にならないうちに死んでいる。それで現役の女優Cを、「あれで四十《しじゅう》よ」と言う。ニーナの役は大体、若い女優がやることが多いから四十になってもやっているという皮肉かもしれない。

「マクベス」のセリフを戦後プロンプしたということになっているのが、女優B。彼女はどうやら自殺をしたらしい。男に捨てられて死ぬというのだから若いはずで、二五歳以前かもしれない。これらはいかにもありそうな話だが、さて、どうなのか〜〜〜。

まず、「斬られの仙太」から……。先に指摘したように一九三四年五月に上演された。プロットに所属していたプロレタリア演劇集団左翼劇場が国家権力の眼を欺く為に劇団名を中央劇場と変え、その改名披露公演として上演された作品だった（一九三四年五月一二日～三一日築地小劇場）。仙太を演じたのは滝沢修。この作品は劇作家三好十郎の転向戯曲と言われて、さまざまな批判がでた。

ところが翌六月にはプロットが解散させられるから演劇集団も活動が出来なくなる。プロレタリア演劇・革命的演劇運動の時代の終焉である。そうなると女優Aは、左翼演劇時代の最後の女優と言うことになる。

その後、女優たちのセリフにもあった戦前のリアリズム演劇表現を完成させる新劇大手の集団は、新築地劇団と新協劇団だが、実は「マクベス」は上演していない。上演作品は「夜明け前」「火山灰地」「渡辺崋山」「綴方教室」「北東の風」などの創作劇が多く、翻訳物は「ハムレット」「桜の園」「ファウスト」「守銭奴」「デット・エンド」「どん底」等々だった。つまり敗戦まで新劇団は「マクベス」をやってないのだ。もちろん商業演劇集団の東宝演劇でも上演していない。

もう少し前をみると、築地小劇場時代の最後の頃、一九二七年二月に「マクベス」（第五八回公演）を青山杉作と小山内薫演出で一度、上演している（マクベス・丸山定夫、マクベス夫人・東山千栄子）。が、翻訳は森林太郎、鷗外だ。一九一三年（大正二年）の森林太郎訳が本邦初訳で、シェイクスピア作品の全訳をした坪内逍遥の「マクベス」訳は、その三年後（一九一六年）にでた。「楽屋」の女優Aが語るマクベス夫人のセリフは、坪内逍遥の弟子だった横山有策（一八八二～一九二九）訳である。「マクベス」の横山訳は築地小劇場上演から二年後の一九二九年に出ている。横山はマクベス夫人の内面に拘った文章も残している素晴らしい翻訳者であったようだ。これを知って、わたくしは清水の目配りに驚愕した。

したがって女優Aの「マクベス」は築地小劇場の「マクベス」ではない。ここに清水が書き込んだ「虚構性」がある。あたかも築地小劇場時代からプロンプをして、一九三四年にもプロンプをしていたかのような幻想を抱かせるが、実はそうではなかった。清水は「斬られの仙太」の場合のみに〈実〉を置いた。そうなると女優Aの役は、築地小劇場時代からの老女優のように演じなくてもいいわけだ。死んだ時の年齢は演じる女優によって幅をもって自由に設定していいように書かれているとわたくしは考えている。

これが、清水の書き込んだ〈虚構〉であった。あたかも演劇史的事実であるように受け取られがちだが、戯曲における〈虚構〉であった。本当であるかのようで本当ではない。実はチェーホフの一幕物戯曲もそういう側面を多分に持つ作品で、誰もが納得するような部分をもっている戯曲だ。〈楽屋〉もまさにそんな演劇の見本のような構成を持っているのである。もちろんここで言う「虚」とは「嘘」とは異なる[注3]。

同様なことが戦後の女優Bの語るセリフにも言える。Bの「マクベス」は小田島雄志（一九三〇年生れ）訳である。戦後「マクベス」を上演したのは一九五八年の文学座の「マクベス」が初めで（マクベス夫人・杉村春子　マクベス・芥川比呂志）、このときの訳は福田恒存であった（一〇月九日〜二六日）。この時期新劇界ではシェイクスピアは福田訳が上演に使われることが多かった。小田島訳でシェイクスピアが上演されたのは文学座のアトリエ公演一九七二年「ハムレット」（出口典雄演出、ハムレット・江守徹、オフィリア・倉野章子）である。「楽屋」は、丁度小田島訳『シェイクスピア全集』が出され始めた時期とかさなるので、それで清水は〈虚〉としての上演舞台ということでこの小田島訳を使ったと推察される（小田島訳の「シェイクスピア全集」（全七巻白水社）は一九七三年から八〇年）。つまりどういうことかというと、女優Bの「マクベス」プロンプも「虚構」なのだ。AもBも清水が構築した劇的人間であった。

では、なぜマクベス夫人のセリフなのか、ということである。それはマクベス夫人が、巨大な願望と怨念と悔恨の想いを抱えた存在であって、亡びてゆく者であったからだと推測される。彼女は死んでからもその辺に漂っていそうな存在なのだ。新劇では「桜の園」のラネーフスカヤ夫人の方が馴染み深いが、残念ながら彼女は、怨念も悔恨もないからこの場合ふさわしくなかった。

次はなぜ実際に上演された「斬られの仙太」なのか、であろう。これは先にも触れたようにプロレタリア演劇・革命的演劇運動時代最後の戯曲で、一つの歴史の終焉であるからだ。プロレタリア演劇の終焉には、多くの演劇人の悔恨と怨念がこもっている。

そして興味深いことに弾圧の次に来る時代は新劇史の最も「輝かしい時代」であった。新劇はプロレタリア演劇終焉後、皮肉なことに新たな時代への幕をあけて行くのである。それが新協劇団・新築地劇団そして築地座の時代である戦前のリアリズム演劇全盛時代だ。これは戦中を間に挟んで一九六五年頃まで続く。日本の華々しいリアリズム演劇の時代と呼ばれている。〈戦前のリアリズム〉

とか〈戦後のリアリズム〉という女優AやBのセリフにもあった。こうした演劇史的意味が最後の公演「斬られの仙太」には隠されているのである。

そして実は、この輝かしい時代を壊したのは他でもない清水邦夫たちであった。それが、「かもめ」を取り込んだ理由の一つであるようにも思う。つまり三〇年もの長い間続いた現代リアリズム演劇の時代を壊したのは、福田善之であり、清水邦夫であり、蜷川幸雄らであり、それにつづく鈴木忠志、別役実、佐藤信・唐十郎、寺山修司たちアングラ演劇・小劇場演劇運動の演劇人たちであったからである。

「かもめ」のトレープレフは、母のアルカージナやトリゴーリンらの古い演劇人が生み出してきた演劇状況を壊そうとしている若い作家志望の青年である。その彼の創ったセリフが、初めの幕や終幕で語られるニーナのわけ分らないセリフ、「人もライオンも、わしも、雷鳥も～」なのだ。「かもめ」のトレープレフのセリフや若い彼らの存在には、そんな思いも込められていると見ることができる。

ここで少し「かもめ」を見てみよう。

チェーホフの戯曲は日本の新劇史の中では重要な位置を占めている。主として小山内薫が築地小劇場時代に定着させた劇作家であるが、「かもめ」は築地小劇場時代には上演していない。「マクベス」と同じである。築地小劇場時代に上演されたのは多幕物の「桜の園」「三人姉妹」「伯父ワーニャ」、一幕物の「熊」「白鳥の歌」「記念祭」「犬」（結婚申し込み）だ。

一九六五年に文学座が戌井市郎演出、神西清（一九〇三～一九五七）訳・池田健太郎補の「かもめ」（杉村春子：アルカージナ、稲野和子：ニーナ、北村和夫：トリゴーリン、細川俊之：トレープレフ）を上演、六九年に松本典子がいた劇団民藝が宇野重吉演出、湯浅芳子訳で上演（細川ちか子：アルカージナ、阪口美奈子／樫山文枝：ニーナ、下元勉：トリゴーリン、伊藤孝雄：トレープレフ）した。

実際この戯曲で使われている神西・池田訳の「かもめ」を文学座は上演したが、民藝は湯浅芳子訳を使っている。前者はニーナが稲野和子、後者は阪口美奈子と樫山文枝のダブルキャスト。現実に照らすと彼女たちは当時、〈四十〉にはなっていない。それに三女優とも時々主役はやるが、劇団ではまだ若手であった。したがってこれも「虚構」である。

チェーホフ「三人姉妹」のマーシャ役を劇団民藝（一九七三年）で何度もやっている松本典子は、「かもめ」のニーナは演じていないし、もちろん松本典子が女優Cのモデルというわけではない。

つまり一般的には若手女優が演じるニーナを主演クラスの女優Cが演じているというところからすでに〈虚構〉であるわけで、ここには男優も女優も、俳優という職業の抱える若さの衰えへの恐怖と後からくる若い俳優達に、いつ自分の場所を奪われるかという恐怖……そのような〈恐れ〉を、一つの典型としてこの女優Cに演じさせようとしたと考えている。女優Dは、つまりはあとからくる若い女優で、あろうことか枕をもってCにせまり「枕と役」を取りかえて、という。これはCに、この枕でどうぞ長い間寝てくださいい。起きてこないで、わたしに役をくださいといっているに等しい。

しかも「作者から電話をもらった」などと口走る。精神を病んだ病気の女優だ。女優Cが「作者は70年前に死んだ」とDにいったように、チェーホフから〈電話〉が来るはずもない。七〇年前というのは一九〇七年。チェーホフ（一八六〇～一九〇四年）は一九〇四年に四四歳で死んだ。これも虚構だ。

現実にはありえないことなのである。

Cは言う。「まくらと交換に役をくれ？　背中の骨がガタガタいって笑っちゃうよ！　けっ、よくいうよ、あたしたちみんな思ってるんです、早くあんな残酷な仕事から解放してあげなくちゃいけないって……世の中いくら解放ばやりだといったってね、あたしまで解放されちゃたまんないよ！　冗談いうなってんだ！」

「楽屋」が初演されたのが一九七七年、世はまさに〈演劇解放〉といっていいような新しい演劇グループが次々に登場していた。清水と松本の木冬社もその一つだ。七〇年代後半の同時代の演劇状況もここにはある。

なぜ、「かもめ」（一九八六年）のニーナのセリフが語られるのか、それはニーナが女優志願であるからだろう。彼女は、女優になりたくてトレープレフという恋人を捨て、アルカージナの恋人で年長の男・流行作家トリゴーリンの跡を追う。子供を生んだが、結局捨てられて女優として大成することはできなかった。二流女優で巡業しているような存在だからプロンプターではないが、彼女もまた、女優になりそこなった存在、消えていく存在なのである。トレープレフは終幕でニーナにいう「相も変わらず混沌とした夢とイメージの世界を右往左往するばかりで、なんのために誰のためにこんなことをしているのか、それがわからないでいるんだ。ぼくには信じられるものがないし、何がぼくの使命であるかも分らない」（浦雅春訳、岩波文庫二〇一〇年）と。そして彼はニーナが出て行った後でピストル自殺をする。「かもめ」には、願望が達成されなかった若者の苦渋が漂っているのである。

このように、「楽屋」は、誰もが現実にありそうだと思えるような状況を描出しながら、虚構の積み重ねが浮かび上がる戯曲である。当初の願望がかなわなかった存在が永遠に生き続ける。固体として物理的には消えて忘れさられる存在〈俳優という存在〉であるが、彼らの演劇に対する「想い」は、無限に生き続ける。それを見ているのは楽屋の〈鏡〉、多くの役に扮した俳優たちの姿を写し続け、彼らの裡に秘めた思いを映し出してきた〈鏡〉、〈鏡〉だけが知っている俳優たちの人生。その一つの場所、空間としての「楽屋」がある。最後のプーシキンの詩は、「あでやかなる姿」に「蒼ざめた空つれづれ寒さ　御影石」と続く。ロシアでも御影石は墓石なのだろう。

〈楽屋〉は生けるものと死せるものが共存する場、〈実と虚〉が共存する場である。

そう清水邦夫は語っているのではないかと思っている。

［注］

1　第三回目は、会場の都合で「楽屋」が60分、講演が30分という時間配分であったが、実際は両者とも5〜6分伸びた。DVDの冊子に収めるにあたり、読みやすくするために書き言葉に直した。

2　演出：庄山晃　美術：河原和　照明：増子顕一／宮永綾佳　音響：照山真史／庄司玲音　衣装：加納豊美　舞台監督：松山立　制作：萩原朔美／徳永芳子。女優A：つかもと景子　女優B：谷川清美　女優C：羽子田洋子　女優D：中澤佳子　鏡が喋る声：大島宇三郎　ト書き：庄山晃。

3　〈虚〉と〈嘘〉とは異なる。演劇は〈虚〉を表現して〈実〉に迫る、〈実〉の中の〈偽〉〈悪〉〈嘘〉を暴くのである。〈嘘〉は、〈他者を騙す〉ために〈嘘をつく〉のである。演劇は〈騙し〉ではない。

第四章

「ぼくらは生まれ変わった木の葉のように[注1]」（一九七二年）

「清水邦夫の劇世界を探る」は今回で四回目になった。当初の計画では三回の予定であったが、今年の三月二六日に清水邦夫の妻であり女優であり、木冬社を共に運営してきた松本典子が亡くなった。そこで企画・演出の多摩美術大学庄山晃先生が松本典子追悼の意をこめて四回目の開催を決めたと聞いている。そういう思いが籠っている会なので、素敵な女優であった松本典子が二〇一四年に亡くなったということを覚えておいて頂ければ幸いである[注2]。

さて今回の作品、これは清水邦夫と蜷川幸雄が映画館（新宿文化）と提携して清水作品を年一回映画終了後に上演していた時期（一九七二年）のものである。既に第一回で触れたように、清水戯曲は一九六〇年に第一作が初めて上演され、その後岩波映画社に就職してコマーシャル映画をつくり、同社を一九六五年に辞め、戯曲創作に専念し始める。劇作中心に生きて七年ほど過ぎた頃の作品ということになる。

この作品は、『清水邦夫全仕事』の後についている「初演記録」によると桐朋学園演劇科の学生の公演用に書いたもので、「1972年4月桐朋学園大学講堂」で上演したとある。演出もしている。清水が何故、桐朋学園に書いたのか、明らかではないのだが、多分清水の先生である倉橋健や、倉橋と親しかった安部公房との関係から（当時安部公房は桐朋の先生）桐朋の学生のために自作を書き演出することになったのではないか、と思われる。


桐朋学園は一九四〇年に創設され、演劇科は一九六六年に短期大学芸術科演劇専攻として誕生した（現在は桐朋学園芸術短期大学と名称変更）。六八年には短大卒業後の専攻科演劇専攻（二年）も設置されている。当時の様子を安宅りさ子先生が調べてくれ、専攻科の安部ゼミで上演されていたことが判明した。しかも四月ではなく一月一五日に紀伊國屋ホールで上演している。大学の講堂というのは誤りであった。

さらに専攻科の卒業生で現在桐朋の特別招聘教授であるミラノ市立パオロ・グラッシー演劇学校の井田邦明先生が、この作品に出演していたことが講演後に分かった（二〇一四年一一月三〇日）。

そこで井田先生から話を伺った。明らかになったことを少し記すことにしたい。

① 当時専攻科には〈安部公房ゼミ〉〈千田是也ゼミ〉〈田中千禾夫ゼミ〉があった。

②　この作品は安部ゼミの試演会として上演された。清水邦夫の他に渡辺浩子と大橋也寸の演出作品も同時上演されている。出演は一期生から四期生の人たち。つまり紀伊國屋ホールで三本立て公演を行っていたのである。

③　清水作品の配役は、夫（三期生・丸山）、妻（二期生・中野）、妹（四期生・大谷）、若い男（四期生・井田）、若い女（四期生・森田）……丸山・大谷・井田は卒業後安部公房スタジオに所属した。

④　清水の演出について……「新劇臭くない」演技スタイルを求めた。〈身体の緊張感・肉体的エネルギー・舞台での存在感・役者同士の距離感……〉等々に「気をつけて演出」していたようだという。

⑤　装置……半分に切られたリアルな自動車を舞台に吊った。

⑥　稽古の初日には、まだ戯曲は完成していなかった。稽古時に即興で演じたりしながら一場一場の台本が出来上がっていった。最後のシーンには苦心をしていた。

⑦　この後すぐに映画版「あらかじめ失われた恋人たちよ」（ATG映画、田原総一朗監督）が作られ、現代人劇場のメンバー、桃井かおり、加納典明、石橋蓮司、秋浜悟史等と共に井田邦明も秋浜の弟役で参加した。ちなみに劇編は、一九八一年に発表されている。

以上である。

この聞き取りは学生を相手にした初演出ぶりが伺えて非常に興味深い話であった。

さて演出だが、清水は「磨り硝子ごしの風景」（『清水邦夫全仕事 1958〜1980』下、河出書房新社一九九二年）の中で初演出についてふれている。そこでは一九七五年が初めての演出と書き残していた。清水作・演出で「幻の心もそぞろ狂おしのわれら将門」が、旧現代人劇場の仲間たちと上演しようとして、流れた公演の時のことだ。

が、実はその前に五人という少ない登場人物の「生まれ変わった木の葉のように」の演出を桐朋学園でしていたのである。この作品は清水の初演出作品であり、演劇を専攻する学生のために初めて書いた作品でもある。後に木冬社を閉じた後で清水は多摩美術大学で教えることになり、学生たちのために何作かの作品を書くことになるが、これはその第一作であったのだ。

「ぼくらは生まれ変わった木の葉のように」のあと、同じ七二年一〇月には「ぼくらが非常の大河を下るとき」を発表し、これは二年後に岸田戯曲賞を貰っている［注3］。この後、清水は毎年登場する斬新な宝石のような戯曲を生み出していき、劇団民藝にいた女優松本典子と知り合い、結婚し、木冬社を作り、本格的な演劇活動に進む。「ぼくらは生まれ変わった木の葉のように」は、あらゆる意味でその入口にある作品と言っていいだろう。

清水のタイトルの話は、一回目の共同研究の時に話したが、このタイトルも不思議だ。「木の葉」は生まれ変わるのか？　普通、緑色の木の葉は、大きくなると赤くなり黄色くなり茶色くなり枯れて、落ちて土になる。そしてまた新しい芽が出て緑の葉をつけ、落ちる……を繰り返す。〈生まれ変わる〉と言うのは〈変身〉につながり、なんとなく希望がある。

ある設計家が茶色というのは、土の色だから家の外壁には使いたくないと言っていたことがあった。高いビルの外壁などに茶色や黒を使うとちょっと不吉な感じがして沈み込んでしまう。たしかにヨーロッパへ行って皆同じ薄茶色い土色の家が並んでいるのをみると町全体に活気がなく暗く沈んだ気持ちになる。

他方、葉っぱの緑は、気分が明るくなる。生き生きしていて何だか未来がありそうな気がする。「木の葉」を、落ちて朽ちる茶色と受け取るか、これから光り輝く緑と受け取るか……で、この芝居の解釈が変わってくるように思われる。

『全仕事』の「ぼくらは生まれ変わった木の葉のように」の中扉にギンズバーグの詩が載っている。「泣かないのか？／泣かないのか一九六〇年のために／ぼくらは生れ変わった木の葉のように／無力なギリシャへ出かけよう――ギンズバーグ」

このタイトルもギンズバーグの詩から取っている。アレン・ギンズバーグ Allen Ginsberg は一九二六年生まれのアメリカの詩人で、清水より一〇年年長だ。「吠える」Howl（一九五五～五六）「カディッシュ」Kaddish（一九五九～六一）などの詩集で知られている。父はユダヤ系アメリカンの詩人で教師のルイス・ギンズバーグ、母はロシア系アメリカンのナオミ・ギンズバーグ。

わたしたちはファッション・モデルで歌手のナオミ・キャンベル（一九七〇年ロンドン生まれ）でこの名前を知っているが、ナオミという語彙は、旧約聖書ルツ記の中の女性の名前で「楽しみ」を表す。おそらく「楽しく生きられるように」という願いが込められているのだと推測される。ちなみに「苦しみ」はマラと呼ぶそうだ。アレンには弁護士の兄ユージンが一人いる。アレン・ギンズバーグはいつごろからかは分からないが、ヒンズー教徒であったようだ。

諏訪優訳の『ギンズバーグ詩集』（増補改訂版　思潮社一九九一年）でみると、この一節は「日記断片「1960年1月1日、暁」の中にある。そこでは「ぼくらは」ではなく「ぼくは」となっている。この詩の文言の入っているところはこんな風に綴られている。

「泣かないのか？　泣かないのか1960年のために？
僕は生まれかわった木の葉のように
　無力なギリシャへ出かけよう
だれも1960年のために泣かないが
　しかしこのさびしさを
僕の日日の余白に記すために」

どうにもよくわからない詩だ。一九六〇年という年は、日本にとっては最悪な年で多くの反対を押し切って日米安保条約が締結された年であった。アメリカにはベトナム戦争がある。アイゼンハワーが南ベトナムに軍事顧問団を送り、秋にケネディーが大統領にえらばれ、ケネディーもその数を増加させ、次のジョンソンが大規模な軍隊を送り込んでいる。しかも五九年のキューバ革命以来、アメリカはキューバに輸出禁止措置をとっている。これらがギンズバーグの「1960年のために泣く」ということなのではないかと思われる。そしてギリシャだ。ギンズバーグは一九六一年にギリシャを訪れていた。

この詩が一九六〇年一月一日に書かれたのかどうかはわからないが、後ろの方にこんな一節があった。

アメリカは虚偽におおわれている
若い思想家たちなんて
　不潔な観念にみちたいやな連中だ
アメリカは原子爆弾を創り出し
　それを落とした
エズラ・パウンドは正常である
　国家は精神病院である

ギンズバーグはアメリカが日本に原爆を落としたことに触れている。彼は被害者としての日本に眼差しを注いでいたようだ。モダニズム運動の中心人物の一人、アメリカ生まれのエズラ・パウンドは天才的な哲学者、詩人だ。ロンドンへ移り住み、イエーツと親しくなり、日本の能を愛した。第一次大戦後にパリ、イタリアへ。反戦思想や反ユダヤ主義が要因で第二次大戦後、アメリカ国家により精神病院に一二年間も閉じ込められたといわれている。それが「パウンドは正常　国家は精神病院」につながる。

ギンズバーグが多くの地を歩いたように、パウンドも各地へ動いた。ヨーロッパ大陸は一つだから……それができる。これは見方によっては放浪であり、ヒッピーに行き着く。同じように清水の岩波退社後の日本国内の放浪にも重なる。いずれにせよ、各地を歩き、ウイリアム・ブレイクとウオルト・ホイットマンに大いに影響を受けたギンズバーグに、清水が惹かれる理由があったと思われる。

ギンズバーグはビート文学の代表者と言われ、デニムのパンツ、つまり今でいうジーンズで、それを流行らせた詩人としても有名だ。アメリカで正統的な人間の在りようを変えた作家といっていいだろう。

「正義なきベトナム戦争」への反対を叫んでアメリカにヒッピーと呼ばれる若者たちが生まれてくるが、その入り口にいた人だった。日本にもヒッピー族は直ぐに登場するから連動しているのである。清水も六〇年安保を戦ったし、その後は生き方を求めて旅をしている。

清水の戯曲は、長い間続いていた正統的なリアリズム演劇の戯曲の枠組みを壊すものであるから、「愛と自由と平和」を愛する破天荒な自由人のギンズバーグの詩に惹かれたのだと思われる。この戯曲に登場する若者は、放浪をしていて、いわゆるヒッピーだ。つまり清水は、当時の時代を色濃くこの作品に描いたといっていい。

今回の作品は上演を見て分かるように、ほとんど現実にはありえないような話だ。既存の概念を壊している。ふつうなら住宅に自動車が飛び込めば、消防車が来て警察が来て、大騒ぎになる。紀伊國屋ホールで〈半分に切った自動車をつるした〉という指摘でわかるように、これは象徴的な話である。それでギンズバーグの詩からタイトルを取ったと考えることができる。あるいは「詩」が先にあって、放浪する若者と定住する大人という戯曲が考えられたのかもしれない。〈時代を反映する若者の生〉を描出するために……。

さて、この戯曲の内容を自然主義的に解釈していってみよう。

とても物憂い或る家族がいる。夫と妻がいて、妹がいる。その一軒の家に車が飛び込んでくる。この妹は夫の妹か妻の妹か、わからない。車で飛び込んで来た若い二人の男と女は、これもいわゆる正規な軌道から外れた人、ヒッピーだ。何か月も放浪してどこかで拾った盗難車に乗っていた。この家の夫は大学教授らしい。夜中だから、家にいる。昔の大学教授と言うのは毎日朝から夜まで働きに行かなくていいから芝居に出すには便利だった（今は全然違う現実があって、学問とは無縁の行為を強いられるかなり苛酷な職業になっている）。

この作品の舞台になっている七〇年代は大学闘争があり、学生も大学教員も生きるのが大変だったのだが、そうしたことは抜きにして、一般的に家にいることが多いし、しかもシェークスピアのセリフやら詩やらを語りだすには知識がなければ出てこないから、大学教授が最適だと考えたのだと思う。

今一つには演劇大学の上演だから教師と若い青年たちが目の前にいるので、意図的に設定したと見ることもできる。

妹の「スー」は話の中でわかるのは、どうやら彼女は引きこもっているらしい。近年〈引きこもり〉は社会的な問題になっているが、このころはまだそう問題にはなっていなかった。もちろん引きこもっていた人はいたと思うが、表面に出ていなかった……、したがってこれも先取りをしているようでとても斬新な発想だ。

人間はもともと行動する存在だから、家の中に居て動かない、外部と接触しないというのは非常に当人にも他者にも苦痛である。否定的な見方で「引きこもっている存在」を見るという状況下に置かれるからだ。自身で求めたとはいえ、出口なしの状態を生み出している。

この家は、夫のセリフに「生の会話をきくのが好きでね。近頃、こういった会話はなくなってきた、少なくともわたしたちの生活においてはね」というのがあるように、ある家庭に共通する「出口なしの状態」「倦怠状態」とでもいっていい、そんな状態が続いていた。そんな家に突然見知らぬ人が入り込んで来た。

これはドラマでよく使用される構造で、〈いつもの固定的な状態〉を壊す何かが起ったり、あるいは誰かが入ってくることによって〈動き出し、ドラマが生まれる〉という構造である。例えばよく知られている「ハムレット」などでは、亡き王の亡霊が現れる事によって、これまで隠されていたさまざまな問題が現出するという構造になっている。ただ、その訪れる存在をどのようなシチュエーションで迎えるかということが、劇作家の思想や構成力にかかってくる。

清水はヒッピーが登場するような時代をバックに置いて、全く誰も想像できないような、自動車が飛び込んでくるという状況を構築した。この後、清水はどの作品でも実に考えられないような状況設定を作品の中でドンドン生み出していく。同じようなパターンは殆ど無い。この点にも驚くべき作家だと思っている。

戯曲の中に、リルケの詩や「ハムレット」「オセロ」「国定忠治」のセリフが登場する。そして若い男の方は毛沢東語録のような一節を口走る。これは何なのだろうか……。

当時、シェークスピアは今のように度々上演されることはなく、一九七二年に文学座が小田島雄志訳でシェークスピア・フェスティヴァルを、連続してアトリエで持っているが、この桐朋公演より後のことであった。これが、演劇を志す学生に書いたものであることを考えると、いわゆる普通の日常的なセリフと古典的なセリフの言いまわし方、詩の朗読法……デクラメーション—朗唱法というが、さまざまなセリフを語るのは、日本語の発話の変化、いわゆる新劇以前と以後のセリフ回しを意図的に取り入れたと考えることができる。井田邦明の言葉に「新劇調ではなく」という指摘があるのを思い出すと、かつての日本語の朗唱法とはことなる表現を演者に求めていたと推測される。

あるいは「国定忠治」のような国民的人気者のセリフも出しているから、現代演劇の歴史における、セリフの言い方を、系統的に出して見ようとしたのかもしれない。

ここで戯曲の思想を探ると、登場するセリフには深い意味があることに気付く。そこにはあきらかに清水の言いたかったことが浮かび上がる。

ハムレットはもがきながら何かを掴みたいがつかめず死ぬ。オセロは自らの愚かさの為に最愛の妻デスデモーナを殺してしまう。国定忠治は、関八州をまたがる渡世人であったが、優れた親分で貧しい農民たちを救った人物だった。それ故に権力者から疎まれ、最後ははりつけにされる。悲劇、絶望、未来がないという視点が、この人々から浮かび上がる。

若者が口にする毛沢東は中国革命を成功させた希望の星で、この頃毛沢東語録は世界で流行っていた。

どうしていいか分からない、混沌とした状態が時代状況としてあったことを考えると、人間の在りようをどのようにしていけばいいのか、わたくしたちはどのように生きればいいのかが過去のセリフを語りながら観客に問いかけられているのだ。

この家から出ていきたいという若い男と女が、最後にこの家族から聞くセリフは、殺してくれ……で、実際に妹は、偶然かあるいは必然か分からないが、ナイフで刺されて死んでしまう。

そして妹が死んだことはまるでなかったかのように、最後の場で若い女の妊娠中毒症を心配する夫と妻。子供のいない彼らには、瞬時の疑似家族が、短い間に出来上がっていた。二人が車で飛び込んで来た時に彼らの日常は変化し、もしかすると「未来への希望」がうまれていたのかもしれない。瞬時、それを楽しんでいたことが、彼らの対話からわかる。

結局、この若い男女は「チョットばかりの道草」をして、この家を出ていくのか、あるいは留まるのか、答えは出ていない。出ていくとすれば希望につながり、とどまるとすると、停滞であり、出口なしの絶望に進む。

この作品は、人間の関係性の不条理が、日常的なセリフや家族関係の中で描出された不条理劇だったと、言うことが出来ると思う。

日本で不条理劇と言われるベケットの「ゴドーを待ちながら」が初演されたのは一九六〇年五月、安藤信也の訳・演出の文学座アトリエ公演である（都市センターホール）。その後イヨネスコの「犀」（加藤新吉訳・荒川哲生演出）、「椅子」（安藤信也訳・演出）が、続いて文学座により上演された。

日本のベケットといわれている別役実の「あーぶくたった、にいたった」が文学座アトリエで上演されたのは一九七六年、「にしむくさむらい」はその翌年である。

こうして見てくると、清水邦夫は第一作の「署名人」以来、一貫して人間と社会の不条理、人間の関係性における不条理を追及していたことがわかる。

今回、ほとんど上演されてこなかった「ぼくらは生まれ変わった木の葉のように」をリーディングすることで、清水邦夫という劇作家の核が理解していただけたのではないかと思っている。これからも清水作品が上演された時には、是非劇場へ足を運んで頂きたいと願っている。

最後に、「SCOT」の「トロイアの女」が、一二月に吉祥寺シアターで再演されるので、それについて一言。鈴木忠志は、清水邦夫同様に日本の現代演劇を革命的に変革した演出家の一人である。この作品は一九七四年に岩波ホールで初演され、演出という領域で画期的な舞台を生み出したものだった。清水は劇作で新しい世界を生み出し、鈴木は演出で斬新な世界を作り上げた。演劇の歴史の中で大変重要な作品であるからみていただければと思う。

［注］

1　この回は、リーディングが五三分、講演が三七分、一時間半で終了という予定であった。なお、文中に記したように講演後に新たに分かったことがあり、冊子に収める際に加筆し、書き言葉に改めた。本稿は冊子と同じ内容である。
演出：庄山晃　美術：河原和　照明：平曜／平田春花　音響：庄司玲音　衣装：加納豊美　舞台監督：松山立／井関周平　制作：萩原朔美／安東愛有子。夫：大島宇三郎　妻：谷川清美　妹：徳永芳子　男：神代勘太　女：鈴木もも

2　「井上理恵の演劇時評」（二〇一四年三月二七日）で松本典子の死を悼んだ。七章で「松本典子」について触れる。

3　岸田戯曲賞について、つかこうへいの演劇論執筆中に驚くべきことを発見した。清水の受賞は一九七四年である。「ぼくらが非情の大河をわたる時」は七二年の作品である。七三年は受賞作がない。

『新劇』「お知らせ」欄によれば選考方法の変更が記されている（一九七四年三月号88頁）。

「まず、選考会を上半期、下半期の二回にわたって行ない、それぞれの期の候補作品を選び、最終選考会において、それらの作品を審議して、受賞作をきめます。／選考対象となる作品は、本年度を例にとると、昭和四十七年一月より、昭和四十八年十二月までと二年間に発表された作品に広げることになりました。」（／改行）

最終選考会の受賞作候補作品は以下の如くであった。

清水邦夫「ぼくらが非情の大河をくだるとき」「泣かないのか？　泣かないのか一九七三年のために？」、つかこうへい「初級革命講座〈飛龍伝〉」「熱海殺人事件」、富岡多恵子「結婚記念日」、西島大「神々の死」

なお、わたくしのこれに関する指摘は、日本近代演劇史研究会編『つかこうへいの世界――消された〈知〉』（社会評論社　二〇一九年二月）の序論「消された〈知〉　既存概念への反逆」の「6　岸田戯曲賞とト書き」にも記した。参照されたい。

清水は、受賞について『新劇』の当該頁で「少しとまどい、考えましたが、受けることにしました。／昨年はもろもろの理由から、新宿アートシアター公演がつらくなりピリオドをうつことにしましたが、蜷川幸雄及び桜社の仲間となんとかつらさをのり越え、というよりつらさに対して新しい皮膚感覚を呼び戻して、ややゴリ押しに、次の公演をうちたいと思っております。（以下略）」80頁、と記している。

第五章

「昨日はもっと美しかった」とは何か[注1]（一九八二年）

「昨日はもっと美しかった」は、一九八二年一月に俳優座と木冬社との提携公演と言う形で初演された（於俳優座劇場）。演出は清水邦夫、出演は清水紘治・吉行和子・和田周・野中マリ子らであった。この戯曲には「――某地方巡査と息子にまつわる挿話――」という副題がついている。が、「巡査と息子の話」というよりも〈一人の男〉の過去の、ある時期の家族の話であるから、副題がなくても通用する。何故このような副題をつけねばならなかったのだろうか……、さらにはタイトルの「昨日はもっと美しかった」という「昨日」とはなんなのか、〈美しい昨日〉とはいつなのか……。そんな疑問が浮かぶ。そこでこれらの謎解きをしてみたい。

この戯曲は、〈時〉が三層に分かれている。①現在時間、②一八年前の過去、③もっと前の過去。①は男が幕開きで姪の〈まき〉と河川敷にいると言って話し始める現在。②は弟の失踪から七年後に当たる一八年前で、失踪宣言をして父や母や妹が集まったお通夜の時。③は弟が家に居て元気でマスヨとホスゲンを吸って遊んでいた時（失踪する前）で、現在からみると二五年前の最も遠い過去。男には妹と弟がいる。姪は妹の娘だ。舞台では男と弟は同じ俳優が演じることになっている。

戯曲にはホスゲンという毒薬が出て来る。元警察官の父が庭のカンナの木の下に埋めたというホスゲンだ。弟とマスヨはそれを木の下から掘り出して吸っていた。科学的に考えると気体や液体を瓶に入れて埋めると、素人が封印をするわけだから蒸発するのではないかと思うし、しかもかなりな毒性があるから、吸い込むと死ぬのではないかと思われる。が、この戯曲では弟とマスヨがそれを吸って〈いい気持になる〉という設定になっている。ホスゲンは媚薬―麻薬のような存在としてここでは描出された。

弟は失踪したというのだが、ホスゲンを吸って死んだのかもしれないし、その死体は木の下に埋められているのかもしれない……等々、物騒な推測も成り立つ。が、それらについては曖昧なままにしておこう。

仮に「昨日」や「美しい」ということを消えた〈弟〉が表象するとなると、その〈弟〉とは、何をあらわすのか、あるいはそれが毒性のある〈ホスゲン〉であるとすると、〈毒をもったそれ〉は何を表すのか……。あまりにも抽象的ではあるが、〈ホスゲンという毒を吸った弟〉〈美しかった昨日〉とは何なのかを、清水に引き付けて探ってみたい。作家は自己の作品に必ずや己を投入する…否、投入しなければ創作はできないからだ。しかしこれは〈わたくし小説〉〈わたくし戯曲〉という意味ではない。

この戯曲の副題は「――某地方巡査と息子にまつわる挿話――」であった。この副題に似た「某地方巡査と息子にまつわる覚書」というエッセイが清水にはある。これは『新劇』一九七四年一月号に載った。執筆は前の年、一九七三年一〇月末か一一月初めだろう。この中のごく一部のエピソードがこの戯曲に書き込まれている。このエッセイは清水の家族、特に父と息子の過去のある時を振り返った一文で、清水の父は新潟県新井町警察署に勤務していた。戯曲の元警察官という父はここから取っている。

この文章の中で、清水は弘中俊雄著『戦後日本の警察』（岩波新書一九六八年）を引いて、父の勤めていた警察組織とその取り調べ（拷問・脅迫など）について過去の記憶も交えながらかなり詳細に語っている。

警察という組織についてわたくしたちは余りよく知らない。警察は国家公安委員会に特別の機関として置かれている警察庁を指す。わたくしたちが接する地域の交番などはその警察庁の各地方機関に属している。地方機関は七管区に分かれ、新潟県は関東管区警察局に所属する。例外は北海道と東京都で、この二つは地方機関局には属さない特別の組織になる。前者は広すぎるからであり、後者は首都であるからだ。

警察官の階級は警察庁長官を筆頭に九階級に分かれている。清水の父は新潟県の巡査で警察組織中一番下の階級だが、大半の警察官は巡査だといっても誤りではないだろう。その位底辺の広いピラミッドなのだ。保安課に属していた父は、人数の少ない田舎の警察だからなんでも担当した。それで昔の取り調べの様子などもこのエッセイに書かれているのだと思われるが、あるいはこれもエッセイという文章中の〈虚〉かもしれない。〈真偽〉は分からないし、分かる必要もないだろう。〈父は昭和三七年平刑事で新井警察署を退職〉している。

清水は早稲田大学に入学する昭和三一（一九五六）年三月まで新井町で両親と暮らしていた。エッセイにもある交番の巡査と女学生—〈両親の出会いと恋愛〉がほゞ事実に即して戯曲に取り込まれた。戯曲と同じ様に父は庭に何かを埋めていたらしい。が、それは戯曲のような〈毒性のあるホスゲン〉ではなく日本刀だった。この日本刀は兄が大学へ行くとき掘り出された。埋められていたからさび付いていたそうだ。そしてこれは進学費用に替った。

以前も触れたことがあるが、清水は戯曲で登場人物の履歴書を紐解くようなことを自らに禁じている。父を登場させていても「虚と実」が入り混じっているのだ。エッセイを基にしているとはいえこの戯曲は、清水の家族の話ではないし、登場人物の履歴を明らかにする話でもなかった。では何ゆえ「——某地方巡査と息子にまつわる挿話——」という副題をつけたのだろうか……。その理由が知りたい。

清水とは逆にわたくしは、清水の生きた時代と彼の仲間たちとの関係を手掛かりにしてさぐっていこうと思う。

清水に当てはめて考えて、現在時間を初演時一九八二年とする。一八年前は一九六四年で清水は岩波映画社に勤めていた。羽仁進監督作品「ブアナ・トシの歌」のシナリオを書くためにアフリカへいっている。失踪ではないが日本から消えていた。アフリカの帰りにフランス・ギリシャ・イスラエルなどを旅していたらしい。その七年前一九五七年、清水は早稲田の演劇科の学生であった。清水には二人の兄がいたから、この戯曲に当てはめれば弟は清水であり、一九八二年に過去を振り返る兄もまた、エッセイや戯曲を書いている清水と見ることが可能だ。恐らく男と弟を同じ俳優に演じさせた理由は、密かにそうした自己の投影――〈自己の想い〉が込められていたのではないかと推測している。

先に記したようにエッセイ「某地方巡査と息子にまつわる覚書」は、一九七四年一月に発表されたが、執筆したのは一九七三年一〇月終わりか、一一月初めだ。つまりこの時期に清水は過去を振り返っているのだ。過去を振り返るという行為は、何らかの節目の時に多くの人がする行為のようだ。この時、清水に何が起こったのだろう……。

実はこの一九七三年秋は、清水と彼の仲間にとって非常に重要な意味を持つ「過去」「昨日」であった。

清水は、一九七三年一〇月、新宿文化――アートシアター（ATGアートシアターギルド）で「泣かないのか？ 泣かないのか一九七三年のために？」を（櫻社―清水邦夫・蜷川幸雄・石橋蓮司・蟹江敬三らの演劇集団）上演していた（一〇月一二日～二七日）。周知のように新宿文化は映画館であって劇場ではない。舞台は奥行きの無い横長の空間である。この時まで彼らは毎年（四回）ここで公演を持っていた。

今では伝説のようになっている第一回公演（一九六九年）は、映画館がはねた後、蜷川と清水の現代人劇場が初演した「真情あふるる軽薄さ」だ。「行列の芝居」、「機動隊を出演させた芝居」ということでセンセーションを巻き起こした舞台だった（九月一〇日〜二二日）。これは蜷川の第一回演出作品、演出家デビューの舞台だった。以来、現代人劇場は清水戯曲・蜷川演出で毎年秋に上演してきた。櫻社は現代人劇場が解散後に結成したばかりの集団であったが、この戯曲の上演を最後に解散する。解散の理由は今もってはっきりしないが、いくつか考えられる出来事がある。


まず清水がある宣言をした。清水は東京新聞一九七三年一〇月二五日の夕刊に「街から潰走《かいそう》することば」という短い文章を書いた。この時はまだ芝居は上演中であった。潰《つぶ》す、走る、という文字を使用する〈潰走〉とは、戦いに負けて逃げることを意味する。書きだしは次のようになっていた。

「街は忽然《こつぜん》と姿を消した。街が潰走《かいそう》したのか、それともぼくたちが街から潰走したのか。いずれにせよ、ぼくたちと街のあいだに、対岸が幻のようにけぶる大きな河が横たわってしまったことを痛感せざるをえない。」

新宿という街が変わってしまった。それを〈潰走する〉と表現した。凄い文章だと思う。〈街とぼくたち〉が一体となって存在していた固有の特別の空間が消えたのだ。六〇年安保や七〇年安保で学生や俳優など若者たちと変革思想を闘った新宿という街は、既にない。新宿は「毒」を持たなくなった〈街〉、になった。

第一次経済の高度成長は、演劇青年たちの経済的バックボーンにもなったが、街も家庭も変革した。皮肉なものだ。高度成長は各家庭を豊かにした。テレビが普及し、演劇人はタレントと一緒にテレビに出るようになって変質した。若者たちのトレードマークだった汚いジーパンはお洒落な「パンタロン」に変わり、新宿の代わりに山の手的で洒落た六本木、原宿、青山へ若者は集まるようになる。新宿の喧騒と猥雑さと泥臭さ――「毒」が新宿の街から消えていった。

清水は、この一文で「ぼくの戯曲は、ぼくの仲間たちによって六〇年代の後半より七三年の今年まで、毎年新宿という街で連続して上演されてきた。その間一度も新宿を出なかった。しかし現在（一〇月）おこなわれている公演をもって、この街での上演を打ち切ることに決心した。（略）街との緊張関係が見失われたからである。」と新宿との、新宿文化との、そして仲間たちとの、訣別を宣言する。新宿文化の支配人であった葛井欣士郎は『消えた劇場　アートシアター　新宿文化』（創隆社一九八七年）の中で、この清水の「街から潰走《かいそう》する」という一文を引き、何故、新宿文化が終焉を迎えねばならなかったかを記している。簡単にいえば、親会社三和興行の赤字が原因でＡＴＧの幕を引かなければならなくなったのだが、日本が豊かになって新宿が変わったことが大きな要因であった。もちろん豊かさはごく一部であったが、その一部はこれまでと異なる量の多さを持った一部であった。いうまでもなく「量は質を変革した」のだ。

恐らく同じ時期に書かれたと思われる『新劇』に書いたエッセイ「某地方巡査と息子にまつわる覚書」

と東京新聞に書いた「街から潰走《かいそう》することば」の二本が収められた清水邦夫の初めての評論集のタイトルは、『われら花の旅団よ、その初戦を失へり』（レクラム社一九七五年）であった。何という意味深い想いが込められていることか……と思わずにはいられない。つまり「初戦」にどれだけ拘っていたかということだ。

「昨日は美しかった」という芝居は、そういう清水の思いが込められた戯曲、訣別の意味が込められていた戯曲であったのである。

清水の「昨日」は、おそらくこの華々しい時代をさしていたのだと思う。彼はそれを〈お通夜〉で葬った。そして清水は、この戯曲のセリフにある、

「誰とも握手をしない、そう決めたんだ、世界中の誰とも握手をしない」

という言葉を残して、あたらしい「ことば」が生きる場を探しに新宿を離れる。仲間たちで作っていた現代人劇場——櫻社という集団が、この時解体したからだ。新宿から離れても解体せずにほかの地でやることもできたはずだった。しかし彼らは皆が別々の道を歩むことになった。この芝居の家族のようにそれぞれの道へ進む。何故か……。

それには蜷川幸雄の〈華麗なる転身〉があったと思っている。清水の「誰とも握手しない」という

のは、この櫻社の解体が大きな要因を為していると思われてならない。

演出の蜷川幸雄は東宝と契約して商業演劇へ行くことになった。おそらくこの公演の前に東宝と蜷川─両者の間で決まっていたのではないかと、わたくしは推測しているが、仲間には言わずに……契約をした。公演の最中に、あるいは千穐楽近くに蜷川が仲間に発表した。彼らはこの公演後に櫻社の解体を決意した。さぞや大きなバトルがあったと推察している。

当事者の蜷川は、この時の事は話したくないと、つい何年か前にも口にしていた。清水も石橋・蟹江らも沈黙をしている。どんなに衝撃的なできごとだったのか想像に余りある。仲間と信じていた男が彼らと別れて、しかも商業演劇へ行く。これは演劇の根幹に関わる大問題であった。


商業演劇の天皇と言われた菊田一夫が、一九七三年四月に亡くなった。東宝は菊田に代わる演出家を探していた。先にも触れたが、清水たちは一九六九年に蜷川と組んで「真情あふるる軽薄さ」を上演して以来、大変な話題になっていた。映画館終了後に上演する舞台を観に来る観客が、遅い時間に映画館の外で行列を作る写真は新聞に度々取り上げられていたからだ。以来、演出家蜷川は時代の寵児になったと言ってもいい。その彼に東宝は白羽の矢を立てたのだ。

清水や石橋蓮司・蟹江敬三たちと絶縁して蜷川は東宝へ行く道を選択する。翌七四年五月、日生劇場で「ロミオとジュリエット」を演出して蜷川は商業演劇デビューを果たす。小田島雄志訳で市川染五郎と中野良子が主演した。結局この転身でその後〈世界の蜷川〉に、彼はなる。若い俳優たちは蜷川の舞台に出たがるようになり、稽古場で灰皿を投げるという逸話はこの後生まれた。

この時、一九七三年の櫻社の解体と仲間との決裂の時、清水は「某地方巡査と息子にまつわる覚書」を書き、「街から潰走することば」を発表した。現在の状況への決裂と過去を振り返る行為……、まさに繋がるではないか……。

そして石橋も蟹江も時流に乗ってテレビに、映画に出るようになる。石橋は緑魔子と第七病棟を結成して独自の芝居を創りはじめ、清水は一九七六年に松本典子と木冬社をつくって固有の演劇の言葉を探しに出る。

大きな挫折を経た大人の劇作家として、清水の花が拓くのはこの木冬社結成後だとわたくしは思っている。清水は、大声で叫ぶ蜷川演出には、初めて蜷川と組んだ時から、違うといっていたというし（葛井欣士郎）、当の蜷川も、清水が「お前の芝居はうるさ過ぎて頭が痛くなる」と言う、と告げていた。清水は自分の「ことば」が生き生きと躍動する舞台作りを目ざそうと思ったのだ。たしかに木冬社時代の清水の戯曲は、〈ことば〉が一層輝いている。そして演出家清水は、俳優たちに決して叫ばせなかった。

興味深いことに、「昨日はもっと美しかった」の初演が一九八二年一月だと初めに触れたが、この初演のあと、清水は蜷川と再度手を組んで芝居をするのである。東宝の依頼で書いた「雨の夏、三十人のジュリエットが還ってきた」（日生劇場五月初演）の上演だった。この戯曲の依頼がいつであったのかわからないが、「昨日はもっと美しかった」を書いた時には依頼されていて、二作品を前後して書いたのではないかと推測している。おそらく、清水は過去と決別をしなければ蜷川と再会して手を組めなかったのではないだろうか……。

〈ジュリエットが還ってきた〉というタイトルの〈還る〉という文字は、「帰還」のカンだ。本来の意は、戦場から還るという意味である。決裂時の「泣かないのか？　泣かないのか一九七三年のために？」は、男ばかりの風呂屋の芝居、そして戻ってきた芝居は、女ばかりの芝居で、場所は地方の百貨店。東宝からどのような依頼があったのかは不明だが、元男役と娘役の宝塚スターが再会する芝居で、そこにはすさまじいばかりの狂気が漂っている。この〈再会〉には、清水と蜷川の再会が意味づけられていたはずなのだ。

蜷川幸雄は、「雨の夏、三十人のジュリエットが還ってきた」の再演プログラム（「混沌の時代に熱き想いを」文化村シアター・コクーン　二〇〇九年五月〔注2〕）の中で、「初演では清水と俺がアートシアター新宿文化でやっていた芝居の音楽を全部使ったんですよ。（略）ひそやかに入れたんですね。今回はオープニングともう一曲を残した程度」と語っている。やはり一九八二年の二人の再会を、想像以上に意味づけ刻印した戯曲であり舞台であったのだ。

蜷川は初演時清水に「俺たちがやってきたことを検証しよう」と言ってこの芝居を依頼したそうだ。「清水から出てきたのが、少女歌劇で三十人のジュリエットが還ってくるというものだった。」「幻の劇団員が戻ってくることも含めて、この戯曲は自分たちのことを描いていると感じましたよ。かつて清水が書いた戯曲の台詞も、稽古で俺がダメ出ししていた言葉も入っている。〈衝動がない！〉とかね。」

やはり二人の〈美しかった昨日〉が〈ジュリエットが還ってきた〉には書き込まれていたのである。

清水は一九八二年には、この二作しか書いていない。かつて美しかった過去を葬り、そして帰還して、これからは言葉に拘る芝居を書いていく。この年は清水の中で整理をする時期だったのかもしれない。わたくしたちはこの後の清水の戯曲に期待をして、次を待つことにしたい。

最後に芝居の中に出て来るカンナの花について……、カンナ（canna）の花言葉は「情熱」「快活」「永遠」「妄想」といろいろあるらしい。西洋では「paranoia（妄想）」「suspicion（疑い）」ともいわれているらしい。カンナの花は、赤や黄色があるようだが、本日の出演者の黄色のスカーフは、衣装担当の加納豊美がカンナの葉から染めたものだという。花言葉のどれを当てればいいか、観客のみなさんにお任せしたい。

[注]

1　原題：清水邦夫「昨日はもっと美しかった」とは何か。
演出：庄山晃　美術：河原和　照明：平曜／阿部愛美　音響：庄司玲音　衣装：加納豊美　舞台監督：松山立／井関周平　制作：神代勘太。　男／弟：萩原朔美　父親：大島宇三郎　母親：つかもと景子　妹：徳永芳子　マスヨ：谷川清美　まき／手伝いの女：鈴木もも。

今回の講演は、DVDと冊子は若干異なる。冊子に入れる際に構成を変え、加筆して書き言葉に直した。ここには冊子収録原稿をいれる。当日の講演では、以下の前置きと終わりの言葉があった。

《井上理恵です。本日は五回目の清水アワーでございます。本日のリーディングはいかがでしたか？　これまでと比べて、なんだかよくわからない話だったのではないでしょうか？　演出の庄山先生にはわたくしが話し過ぎるのでいつもみなさまのお帰りの時間のご心配をかけておりまして、今日は30分ぐらいで、雑談風に話して終わりにしてくださいと言われております。けれども、雑談というのはにが手で、そううまくはいかないと思いますが、本日は訳わからない話ですからすぐに終わりにできそうでございます。

この芝居は、「──某地方巡査と息子にまつわる挿話──」という副題がついていますが、「巡査と息子の話」というよりも〈一人の男〉の過去の、ある時期の家族の話でした。今回の副題に似た「某地方巡査と息子にまつわる覚書」（一九七四年）という清水のエッセイがあります。この中のごく一部を今回の戯曲に書き込んでいます。このエッセイは清水の家族のある時を振り返り、その中で父が勤めていた警察組織とその取り調べについてかなり深く語っています。清水のお父さんは新潟県の新井町（のち市）の警察署に勤務していました。わたくしはポリス・ストリーばかりテレビでみます。「相棒」とか、好きなんですが今回初めて警察の組織について調べて見ました。ものすごい階級社会で驚きました。清水のお父さんは巡査でした。巡査は一番下の階級で、殆んどがこの巡査であるようです。

どこの世界でも同じですが昇進は常に試験があります。いわゆる国家公務員一級試験合格者はキャリアで初めから上の方に属しています。清水のお父さんは田舎の警察で人数も少なく保安課勤務だったそうですから、テレビなんかで出て来る生活安全課の保安課ということなのでしょう……「平刑事」、昭和37年（一九六二年）平刑事で新井警察署を退職したと清水は書きます。けれども平刑事という階級はありませんから、巡査または巡査長で退職したのでしょう。

（井上注……以上前置き、以下終わりに……）

カンナの花は、赤や黄色があるようです。本日の出演者の黄色スカーフは、衣装の加納先生がカンナの花で染めたものです。渋くて素敵ですよね。清水が着たら似合いそうです。小石川の植物園に6月の終わりから7月に咲くようですから、お時間があれば来年見にいらっしゃるといいと思います。時間も来たようです。来年

は少し長くお目にかかれるといいと思っています。ありがとうございました。》

2 「雨の夏、三十人のジュリエットが還ってきた」の劇評を、『週刊新社会』(二〇〇九年六月一六日号)に書いた。以下に引く。

見事な虚と実の舞台空間見せる ジェンダーの視点から観る 行く道を見失った人に新しい道進めと背中押す

「雨の夏、三十人のジュリエットが還ってきた」――文化村シアターコクーンの芝居――

一九八二年、清水邦夫と蜷川幸雄が初演した少女歌劇団の舞台が渋谷に「還って」きた(シアター・コクーン、五月六日~三〇日)。この芝居は初演時、二人の再会・和解の舞台といわれた(初演未見)。それは安保闘争敗北後、政治の混沌とした時代状況の中で志を同じくする俳優たちと現代人劇場・桜社を立ち上げ、撹乱の演劇を作り出していた彼らが、演出家蜷川幸雄の商業劇場(日生劇場「ロミオとジュリエット」の演出、一九七四年)進出で劇団が分裂、団員たちが蜷川と袂を分ったからである。彼らは別々の道を歩む。

蜷川は、この作品の底を流れるものは「桜社を解散した俺たち自身の話なんだと、お互いに判っていた」(「再演プログラム」高橋豊)という。そこには不条理な時代のかつての青春を振り返るという暗喩があるのかもしれない。しかし清水は、還ってきたジュリエットの一人風吹景子(三田和代)が未だ青春の只中に生きていることを語っている。彼女の狂気は狂気であって狂気ではない。「死んだマネより生きたマネ」をして行こうということ。どうせ生きるならそのほうがいい。これは観客へのメッセージでもある。今回の舞台でそれが極めて見事に描出された。

彼女を支えるかつてのファンたち・バラ戦士の会(古谷一行・石井愃一・磯部勉・山本龍二)の男性群は、「新・ロミオとジュリエット」の芝居を作るためにかつての少女歌劇のメンバーを呼び戻す(毬谷友子・衣通真由美・市川夏江・玉井碧・加藤弓美子・江幡洋子・松乃薫・別府康子・高間智子・祐輝薫・戸谷友ら)。全部あわせて三十人。そして景子が待っているのは男役スター弥生俊(鳳蘭)。

死んでしまったバラ戦士の会の北村の息子たち(兄・横田栄司、弟・ウエンツ瑛士)も加担して壮大な青春探しのお芝居が始まる。サンドバークの夢の少女が「愛のきらめきの中にやってくるだろう／もしかしてやってこないかも知れない」、そんな危うい期待と現実が、虚と実が展開する。実の中に現実はなく、虚の中にある現実を求めて……

オープニングがいい。観客はデパートのショーウインドウと対面する。観客はこれからデパートに入る客なのだ。閉店後の人気ないデパートの正面入り口にある大階段――それは宝塚歌劇団のフィナーレの舞台に似る。登場するのは颯爽としていない白い燕尾服の麗人たち（バラ戦士の会）、そして三田のジュリエット。彼女の美しいセリフは舞台全体を動かし虚の空間を実へと誘う。三田はシェイクスピアと清水の紡ぎ出すセリフを自在に詠い、すばらしい。

ジュリエットと代役ロミオ（夏子―中川安奈）の対話は面白い。見事なセリフを奏でるスター景子と代役ゆえの下手なロミオのセリフのやり取り、それが虚と実の微妙な裂け目を感じさせいいコントラストになっていた。

本物のロミオ弥生俊が戻ってきて景子と絡む場面は圧巻だ。長年宝塚のトップを演じてきた鳳蘭と新劇出身の三田和代とで、誰も出せない存在感を見事に表現した。ひょっとするとこの芝居は彼女たち二人に当てて書いたのかと思うほど……。つまりは基礎訓練を経た舞台経験の豊富な俳優は、どこの出身であろうと変わらないということだ。俳優はこうでなければいけない。男性陣も健闘しているし、なによりも三十人のジュリエットたちの存在がいい。

歌劇団のメンバーたちの群舞の場で、炸裂する爆弾や水音や飛び交う銃弾、嬌声、怒声などの音が劇場中に鳴り響く。それは「夏の雨」つまり戦争中の原爆や焼夷弾の音ばかりではなく、安田講堂のあの水音・爆裂音、JR新宿駅の線路上の石つぶての音や叫び声、渋谷ハチ公前のデモの音、六八年から八〇年までの闘いの音すべてが表現されていたように思った。俊も景子も死んだあと、最後の贋ロミオの夏子が新しいロミオに変身して叫ぶ。「みんな動け！　動け！　そして自分の歌をうたえ、まずは自分の歌をうたえ！」と……。

清水邦夫と蜷川幸雄（「シアターコクーン」公演プログラムより）

清水は〈立ち上がろう、新しい未来のために〉と叫んでいたのだ。これは単なる追憶のドラマではない。行く道を見失った人々に新しい道を進めと背中を押す、前進のドラマであったのだ。蜷川幸雄は久しぶりでいい舞台を作った。

（二〇〇九年五月五日文化村シアター・コクーン、ソワレ所見）

補足

蜷川幸雄は、公演プログラムで三田和代と鳳蘭について次のように語っている。

「いやもう、三田和代さんと鳳蘭さんの存在が巨大だから、俺たちの人生の問題なんて吹っ飛んじゃいますよ、かつてのコンビがどういう出会いをして相手にどういう自分を見せたいと思っているのか、待っていたものが還ってきてどんなに嬉しかったか、自分の中で何か思いが切れて、もう人生を終えてもいいと思うくらい燃焼する。そのことが見事に分かるんです。それに三田さんの狂気の演技、それを受け継いでいく若い世代の狂気、残された女たちの狂気が渦巻いて、面白い芝居になったなぁと思う。今度はちょっと自信あるんだ。

（「混沌の時代に熱き想いを」蜷川幸雄インタビューより）

第六章

「イエスタデイ」（一九九六年）

1 「イエスタデイ」〈昨日〉に込められたもの……［注1］

「清水邦夫の劇世界を探る」も今回で最後になった。毎年決まった時期にほぼ同じメンバーで清水の芝居をリーディングし、わたくしも話をしてきたという、その濃密な「過ぎ去った〈昨日〉の時間」にとても今、考え深いものを感じている。確か、第一回の一番初めは、多摩美のこのスタジオだった。最後がまた、このスタジオというのもなにかの〈縁〉を感じてしまう。

これまでリーディングの全てに参加したのは、庄山先生はじめスタッフの先生方と本日次郎をやった大島さん、そしてわたくしだ。特に今回は「イエスタデイ」〈昨日〉という作品で、「過去の時間」を振り返る作品だから……余計に印象深い。演出の庄山先生は、誠に作品の選び方がお上手だ。

本日の芝居は、〈昨日〉や〈今日〉が前面に出ている作品なので、今回は、戯曲に関連する〈時〉の分析を核にして考えていこうと思う。

まずタイトルの「イエスタデイ」は、有名なビートルズの楽曲で、ポール・マッカートニーの作だ。一九六五年に発表された。ジョン・レノンと共同作ともいわれているが、実際はポール一人の作品らしい。「世界で最も多くカヴァーされた曲」だから、さまざまな形でこの曲を一度は聴いたことがあるだろう。

その内容は、四七歳で亡くなったポールの母を歌ったものとか、あるいは去っていった恋人を歌ったものとか言われ、日本語訳もその二通りある。

この歌「イエスタデイ」が発表された一九六五年は、日本でベトナム戦争反対のデモをべ平連が初めてした年だった。このころ清水は岩波映画社に勤めていた。一九六一年にアメリカにケネディ大統領が誕生し、ケネディはアメリカのベトナム介入を拡大する。派兵を増大したのだ。ビートルズのジョン・レノンがベトナム戦争反対の運動を始めるのはオノヨーコと知合った後（一九六九年）だから、ポールやレノンが「イエスタデイ」を作った時は、やはり〈母恋〉とか〈去っていった恋人〉への思いだったのだろう。

芝居の中で清水は、最後にビートルズの歌について少しふれている。疎開してきた雪（詩人）の詩がビートルズの「イエスタデイ」に似ていると塩子が弟次郎に話すところだ。

「久しぶりにビートルズ聞いたら、へんなこと発見しちゃった。」
「そう、ホラ、イエスタデイ……あれを聞いていたら、例の浦田家の雪さんのこと、とつぜん思い出して……」
「昨日までは恋はやさしく……そして今はいきていることがつらい……、ああ、これは幻、これは幻……」

塩子のセリフは、次郎と雪の間に淡い恋心があったのかもしれないということを感じさせる。つまり、清水は、ビートルズの「イエスタデイ」を〈さっていった恋人〉を歌った歌と、とらえたことが分かる。

清水の「イエスタデイ」は、「過去」しかも忘れてはならない過去〈戦争〉を書いている。清水はいつも〈昨日〉を書いている劇作家と言っても過言ではない。これまでこのリーディングの会で取り上げたものも常に過去を振りかえっていた。〈昨日〉と〈今日〉が常に登場する。そして過去と現在が入り混じる。実はこれこそが〈劇的〉と言っていい構成であるからで、これが清水ドラマの特徴でもある。そしてこれは古《いにしえ》からドラマトウルギーの根幹ともいわれてきた。

タイトルを「きのう」とするよりも「イエスタデイ」とした方がチョッと洒落ている。ビートルズの歌のタイトルにもあるから、ビートルズに少し触れた……そんなところではないだろうか……。しかも歌がリリースされた六五年は、初めに触れたように日本でベトナム戦争反対のデモをした時でもある。それで「イエスタデイ」をタイトルにした。

さて、〈時〉分析のつづき。事前に配布されたチラシの裏面にあるように、この作品は一九九六年に清水が多摩美術大学の学生の卒業公演のために書いた作品である〔注2〕。そういう成り立ちだから、若い人たちの上演可能な〈劇世界〉を想定している。清水と松本典子が主宰していた木冬社でも二〇〇三年にシアターχで木冬社の若い俳優たちで上演された。この公演については、シアターχからの依頼で劇評を書いた（『シアターχ批評通信』18号二〇〇三年九月）。この劇評は既に拙著『ドラマ解読』に入れたが、次節2で引くことにする。

ところで本日の俳優さんたちは若者ではないが、その演技力で若者とは異なる世界が浮かび出ていたように思う。それはこれが戦争の恐ろしさ、排他的な人々の恐ろしさ、あるいは無意識の恐ろしさ、無関心の恐ろしさを描いている作品だからで、若者に「過去」の行為の不幸や恐ろしさを知らせたかったように推測できる。

清水は「昨日・きのう」という意味に、過去の戦争とその戦争によって殺されてしまった若者たちの想いを籠めた。「昨日・きのう」は〈一九四五年の太平洋戦争末期〉で、〈戦争という悪〉と平和への思いを描出した。「今日・きょう・現在」は、おそらくビートルズの「イエスタディ」が発表されて、しばらくたった時だから、一九七〇年以降の高度成長期だろう。写真館を不動産屋が買いに来て、マンションが建つという次郎のセリフがある。

「ここは写真館です。（略）ぼくの生まれた家……（略）すでに廃業が決り、来月にも更地にして、そのあとにマンションが建つ予定です……」

この芝居の初演は一九九六年。九六年というのは丁度戦後五〇年の年だった。その前年の九五年一月一七日には震度7の阪神・淡路大震災が起こっている。現在時間の自然災害と過去の人災といってもいい戦争……爆弾・原爆…で多くの人が亡くなった。被害を被った人々は今もって救われていない。おそらく「イエスタデイ」は、戦争と震災という二つの悲劇を込めた〈昨日〉であるように思う。〈余談：この時の首相は村山富市。二〇一一年の東日本大震災の時は菅直人が首相。期せずして反自民の首相の時で不幸中の幸いだった。〉

つい三日前に、アメリカ大統領がトランプに決まり、ますます世界は気な臭くなってきたように感じざるを得ない。本日のリーディングはとても身につまされる舞台であったように思う。

さて、稽古を観に行った日に演出の庄山先生から読売新聞の「レジュエンド　清水邦夫」という記事をいただいた。そこで元木冬社の女優南谷朝子《みなみたにあさこ》が、清水は「政治的に捉えられることが多いけれど、清水さんは〈違うんだよなぁ〉と言っていました」と告げている。

もちろん清水邦夫は、激しく社会を追求するタイプの劇作家ではなかった。しかしその作品には、わたくしたちの生きているこの日本という国の持つ、矛盾や悲しみや疑問…そんなものが書き込まれている。

芸術の創造者というのは、現実社会を肯定していては創造者として生きることはできない。なぜなら現実社会は決して肯定できるものではないからだ。人々は自己の生の十全の開花を望み〈生の拡充〉を求めて生きているが、それがなかなか可能にならない。清水はそうした人の〈生〉を、詩的言説を用いて描出していたのだと思う。

この作品に登場した塩子の友人矢坂は、出征間際に写真館に写真を撮りに来る。そして「戦死する確率は高いと覚悟しています」という。「寄りの写真」つまり上半身の写真を撮りたいと次郎にいう。しかし次郎は〈死〉を予言するような写真はいやだと断る。結果的には全員で写真を撮ることになり、矢坂が戦死してそれは記念写真になった。

矢坂の言ったように〈戦争に行く、それは死にに行くこと、あるいは他者を殺しに行くこと〉と同義だ。源一のセリフにこんな独り言があった。

「だいたい戦争というものは、われわれがあまりにも怠惰で、あまりにも安易で、あまりにもいい加減だからこそ起こるのだ。われわれは心のどこかで、ひそやかに戦争を認め、許容しているからこそ、神の名において、戦争がまかり通ってしまうのだ。（略）戦争の時だけ、人が人を殺すことが許される。なぜかといえば、自分の欲望や利益のために人を殺すのではなく、すべての人間の幸せのためだと思い込んでいる。そのうえにたって、きみは、われわれ人間が平気で死ねるのだと思っていたら、それは大きなまちがいである。もし死んでいく人間の顔を見たら、きみは必ず気づくはずだ。人間は苦しんで死ぬのだ。苦しみながら、いやいや死んでいくのだ……」

これはヘルマン・ヘッセ（一八七七〜一九六二、46年度ノーベル賞作家）の詩だった。丁度戦場へ行く矢坂が登場する前に語られた。

ヘッセは、二〇世紀の初めから軍国主義的なドイツを嫌いベルンでドイツの政策に批判的になり対立していた。第一次大戦中はベルン戦争捕虜救援本部を設立した。ここはヒットラーが政権を握ってから敗戦まで数多くの亡命者の避難所になっていた。平和主義者のヘッセはヒットラーに迫害され詩や小説を書く紙を与えられなかったといわれている。

そのヘッセは死後、ベトナム戦争時のアメリカで再評価され、彼の著作が多くの若者に読まれるという大フィーバーが起こる。この戦争に反対して決起した若者たちはヘッセの平和主義を掲げた。兵役手帳や召集令状が焼かれた。「戦争ではなく愛を（Make love, not war!）」……をモットーとした「フラワーパワー」運動が広まる。一九七三年にはアメリカの軍事的撤退とともに国民徴兵制を廃止させるまでになった。

アメリカの若者の間に爆発的に広まったヘッセの著書は、作品の中で表現されたヨーロッパ中心主義の克服、アジア的思想の普及を出発点として、多くの国にヘッセ・ルネッサンスが起こり、現在にまで続いている。ヘッセの〈呼びかけ〉は、「体制への盲目的順応に抵抗する自己」の生き方につながり、若者世代を惹きつける魅力になった。

その若者世代が、この戯曲では源一になる。閉鎖的な村でヘッセの詩を語るが、平和思想は受け入れられることなく破棄されて、立ち去らなくてはならなくなっていく。

ヘッセは、方向性喪失が拡大していく存在（若者）に対して、伝統と近代性、倫理と美意識、それらが将来を見つめて結びつくような世界観を提示していた。なんとなく清水に似ているような気がする。

ヘッセのいうアジア的な伝統というもの、それを清水はインドのマナラの馬とか汗血馬（中国伝説にある血のような汗を流して走る馬）とかで表象し、この戯曲で触れていたのではないかとも思える。また、清水は毒ガスについて次郎に語らせている。ホスゲンだ。これは昨年のリーディングでやった「昨日はもっと美しかった」の中で出ていた。この作品では次郎が告げる。

「カーバイト工場が軍の命令で密かに毒ガスを作っていたんです。」

権力は、国民に知らせずに恐ろしいことを平気でやってのけるのだ。その〈付け〉を後で支払わされるのは、いつも知らなかった国民なのだ。

ヘッセの詩を口ずさんだばかりに、村人にいたぶられ、けがをさせられ、追い出される。そうして浦田家の人々は、長崎へ行き、アメリカが落とした原爆で死んでいく。何気ない日常が、思いもよらない結果を生む、という恐怖をわたくしたちに示していた。


清水邦夫という劇作家は、まさに何気なくわたくしたちに語りかけていたわけで、それをいかように受け取るかは、清水の芝居を見る観客に任されている。これは清水に限ったことではなく、作家の投げかけに気づいて自己の内部に取り込み行動する人と、何も気づかず通り過ぎていく人とが確実にいる。すべては各人、おのれの問題にかかっている。

よく言われることだが、どんなに素晴らしい芸術作品を見せられても全く感じ取ることのできない人々は確実に存在する。体験する機会が多ければ多いほど自己の裡に取り込むことが可能になるから、人は早い時期に芸術に、特に最も贅沢な演劇という芸術に触れるチャンスを与えることだと考えている。最も贅沢な芸術というのは、演じる側と観る側が、同じ場所で同じ時間を共有するからだ。是非、若者に演劇に触れる機会を与えていただきたいと思っている。

あらゆる芸術は、すべて受け取る側に問いかけられているのだということ、それをみなさまにお伝えして六年にわたる「清水邦夫の劇世界を探る」というわたくしの話の締めくくりにしたい。長い間ありがとうございました。

[注]

1 「イエスタデイ」（一九九六年作）リーディング六二分、講演三〇分、冊子に入れる際書き言葉に改めた。また、本章には、内容が重複する部分もあるが関連する一文を後に入れる。
演出：庄山晃　美術：河原和　照明：平曜／阿部愛美　音響：渡辺奈々　衣装：加納豊美　舞台監督：國分大輝　制作：石田尚志。
稲葉次郎：大島宇三郎　稲葉塩子：國吉和子　浦田源一：萩原朔美　浦田海：つかもと景子　浦田雪：谷川清美　浦田夢：林あまり　矢坂：田山仁　ト書き：庄山晃。

2 配布されたチラシの「あらすじと解説」に次のようにある。執筆は演出の庄山晃だと思われる。
「この作品は平成8年（1996）に本学の学生たちの卒業公演に書き下ろされたものである。以後、2年おきに『オフィーリア幻想（草の駅）』、『ライフ・ライン（破れた魂に侵入）』と13年間の在職中に合計3本の作品を提供された。（略）この3作品は本学の卒業公演のみに留まらず、後年、木冬社公演としても上演された。（略）

足掛け6年に渡って継続してきたこの共同研究もいよいよ今回をもって休止せざるを得ない。最大の理由は造形学部映像演劇学科が学部の再編成に伴い廃止となるからだ。やがて、清水戯曲を語る人も稀となるのではと危惧される。」

最後の会は、世田谷文学館が改修工事に入るため、大学の上野毛キャンパスになった。

2　シアターXの「イエスタディ」木冬社公演の舞台（二〇〇三年）

（『シアターX批評通信』18号二〇〇三年九月初出・『ドラマ解読』所収94～95頁　社会評論社　二〇〇九年五月）

久しぶりに木冬社の芝居を観た（清水・松本演出）。清水邦夫の戯曲と女優松本典子が好きでずいぶん昔から追っかけをしていた。イギリスで劇場通いを体験してからサイスタジオの若い俳優たちの舞台にイギリスを感じるようになったのだが、今回も久しぶりでその感触を得た（初日所見）。それは昔の新劇とも最近の小劇場とも違う。何だろうと考えると、台詞が通る（つまり台詞が言えて聞こえる——俳優のくせにこれが駄目な人の何と多いことか）、表現が豊か、動きが綺麗……などなどだ、ということが今回わかった。これは松本典子の女優としての在りようでもあったから、木冬社の俳優たちは優れた女優のもとで花を開き始めたということだろう。

八月はわたくしたちの国では死者の霊と出会う月だ。今年はアメリカの爆弾が、五八年前と同じように多くの死者を出した。いつその加害者に荷担することになるやもしれないところに今、わたくしたちは置かれている。清水は意図的な暴力ばかりではなく静かな無意識の暴力（排除の思想）も人を殺す、誰もが加害者に荷担する存在になるという恐ろしい舞台を詩的言語を散りばめながら見せた。

写真館の姉弟（大野舞紀子・吉田敬一）、浦田家の姉兄妹（新井理恵・水谷豊・関谷道子・伊藤理奈）は、若々しい少年少女の一風変わった関係を演じて、シアターχの舞台に新しい風を巻き起こした。訪問者の四人は未来に夢を拡げながら、村民の心無い暴力で傷つき、長崎へ逃げて、アメリカが落とした原爆で殺される。写真館の姉弟の暗澹たる空洞は、残された者が抱える自己の武力への慚愧に耐えない思いに通じる。

天満敦子の「望郷のバラード」が舞台に流れた時――この曲は故郷を追われ、他国で客死したルーマニア人の作品、高樹のぶ子が小説にした――安らぎの場を追われる浦田姉兄妹や懐かしい思い出のつまった家を手放す稲葉姉弟の両方の心象風景に、さらには原爆で殺されていく人々のそれに、なんとこのバラードはマッチすることかと選曲に驚嘆した。研究室の外の学生の嬌声を遮断するためにいつも流している聴き慣れた曲が、所を得て生き生きしているのが嬉しかった。そして懐かしい中村美代子と吉田悦子の声、久しぶりに聞いた艶のある松本の声と始めて聞く清水の穏やかな声が、終幕近い舞台に厚みを加えた。

幕切れ、旧い家で記念写真を撮る姉と弟の周りにかつての少年少女たちが舞い降りる。それは幻想の中でしか集えない現在の世界の有りようを映し出す。死ぬことを当然と出征した矢坂を、再び送り出す場面をわたくしたちは作ってはならない。前半の幕切れ、幻の馬の場面は未来の夢を紡ぐ洒落た場面であった。未来の夢が、幻の馬が飛び交う時間をこそ作らねばならないだろう。

3　戦争描いた「イエスタデイ」――清水邦夫の劇世界を探る

（『週刊新社会』二〇一六年一二月二〇日号）

「清水邦夫の劇世界を探る」という催しがある。これは世田谷文学館と多摩美術大学の共同研究で多摩美大の庄山晃氏の発案で六年前の二〇一一年の秋に始まった。毎年一回清水の一幕物戯曲を俳優さんたちがリーディングし、その後わたくしが三～四〇分、話をするという会だった。六回目の今回でこの催しも最後になる。今回の戯曲は「イエスタデイ」（一九九六年多摩美大の卒業公演で初演）だった。初演の年は、〈戦後五〇年〉である。

「イエスタデイ」は、誰もがよく知っているビートルズの歌。一九六五年に発表され、以来「最も多くカヴァーされた曲」だという。一九六五年はベトナム戦争反対でべ平連が初めてデモをした時だった。清水邦夫はビートルズとは直接関係なく、〈過去の時間〉を〈きのう・イエスタデイ〉と表現したが、「イエスタデイ」とタイトルを決めたのは、おそらくべ平連のデモを念頭に置いてのことと推測される。それはこの戯曲が〈戦争〉を描いているからだ。

戯曲の始まりは現在時間で七〇年代の高度成長期、写真館を不動産会社が買いに来ていて、マンションになることが決まっている。幕が開くとすぐに過去の時間――〈きのう〉に移行する。〈きのう〉は一九四五年太平洋戦争末期、〈戦争という悪〉がわたくしたちをがんじがらめにしていた時だ。ある地方都市の写真館。そこには小学校教師の姉と中学四年の弟がいる。この家は母親が病気で寝ていて、「おやじはニューギニア、五つ上の兄貴はロシアの国境近くで戦ってる」家庭だった。そこへ遠縁の少々変わった浦田家の四人兄妹が都会からやってくる。彼らの両親は「三か月前に爆撃にやられて死んじゃった……」

中学四年の浦田源一がヘルマン・ヘッセ（一八七七～一九六二、ドイツのノーベル賞作家）の文章を暗唱する。

「だいたい戦争というものは、われわれがあまりにも怠惰で、あまりにも安易で、あまりにもいい加減だからこそ起こるのだ。われわれは心のどこかで、ひそやかに戦争を認め、許容しているからこそ、神の名において、戦争がまかり通ってしまうのだ。（略）戦争の時だけ、人が人を殺すことが許される。なぜかといえば、自分の欲望や利益のために人を殺すのではなく、すべての人間の幸せのためだと思い込んでいる。そのうえにたって、きみは、われわれ人間が平気で死ねるのだと思っていたら、それは大きなまちがいである。もし死んでいく人間の顔を見たら、きみは必ず気づくはずだ。人間は苦しんで死ぬのだ。苦しみながら、いやいや死んでいくのだ……」

これを聞いた写真館の弟次郎は、憲兵につかまるよ、と心配する。田舎町にも憲兵がいたのだ。この町のカーバイト工場では密かに軍が「毒ガス…ホスゲン」を作っている。

ヘッセは知る人ぞ知る平和主義者で戦後ノーベル賞を貰った。戦時中はヒットラーに迫害されスイスに亡命している。ケネディが大統領になってベトナム派兵を増大したベトナム戦争時に、アメリカでヘッセの小説や詩が大流行する。戦争に反対する若者たちがヘッセの作品を読み、国民徴兵制のあったアメリカで兵役拒否や召集令状の焼却などをした。芸術作品が平和を愛する若者たちに行動を促したのだ。そして一九七三年アメリカはベトナムから撤退し、国民徴兵制を廃止する。

源一の暗唱した一文は、そういう作品であった。この場は姉の塩子の同僚矢坂が出征前に「寄りの写真」を撮りに来る前にある。「寄りの写真」とは、死後祭壇に飾る写真をいう。次郎は「寄りの写真」を撮りたくないといい、矢坂は「戦死する確率は高いと覚悟しています」と応え、結局全員の記念写真ということになる。

写真は永遠に残される存在の記録だ。「死」を覚悟して残す「存在の記録」は、哀しい。

清水邦夫は、反体制や反戦を声高に描出したわけではない。が、何気なく普通の人々の生活の中で表現して、芸術の重大さをわたくしたちに分からせようとした劇作家だ。経済効率よりも芸術作品に目を向けて、すべてを我が事として考えたいものだ！！！

第七章
女優　松本典子

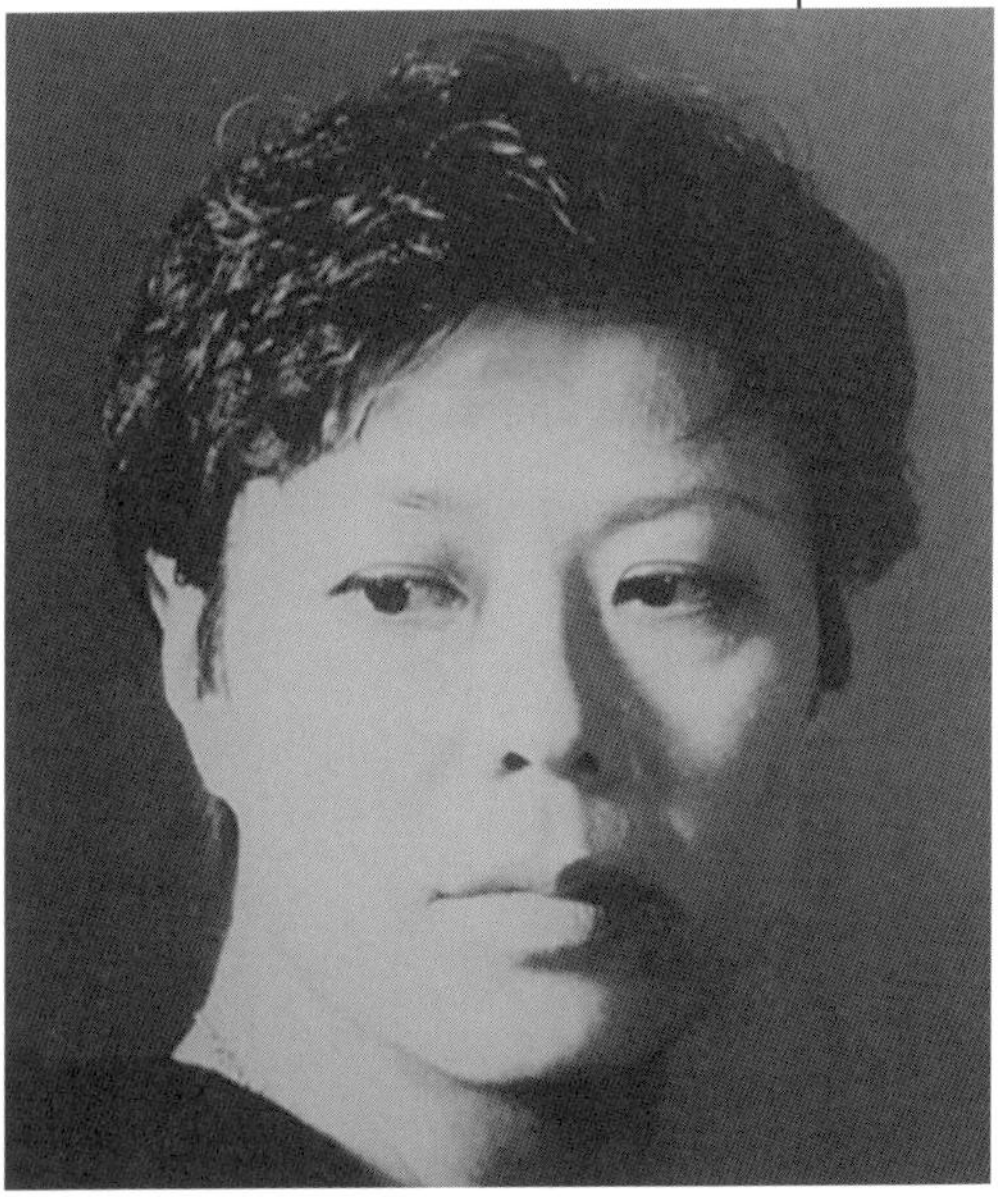

1　松本典子の死

最も美しく日本語のセリフを語れる女優……松本典子さんが、二〇一四年三月二六日に亡くなった。本日、新代田で行われたお通夜に伺った。明日は十二時から告別式……。

松本典子という女優の、劇場空間をビリビリと揺るがすようなあの何とも言えない〈声〉とセリフの活舌のよさが大好きだった！　その意味ではファンであったのだと思う。個人的にお話をしたことは二、三回。それもご挨拶だった。とても何かを語ることはできない……。それでいいとおもっていた。

清水邦夫の詩的なセリフを、時にシリアスに……時にユーモワたっぷりに……時につややかに……時に怒って……時に凛々しく……、松本典子はわたくしたち観客に手渡してくれた。

木冬社で舞台化された清水戯曲は、可能な限りみた。そしていつも心豊かにしてくれた。ほとんど落胆したことはなかった。これも稀なことである。いつも松本典子のあの声とセリフと身体がなくては、清水邦夫の世界は完結しないような想いを抱かせた。それは清水戯曲の女性は、松本典子に宛てかかれているからだ。こんな幸せな女優は他にはいないだろう。

もし他にいるとすれば、山本安英ということになるかもしれない。

最後の舞台と言って「女優N」を演じ、松本は舞台から去った。なんといさぎよい事か……と思った。

いかにも凛々しい松本らしい。松本典子は引き際を美しく終わらせることが出来た数少ない女優でもある。

20世紀後半の演劇をけん引してきた一人の女優の死は、あの饒舌で激しい時代の終わりを告げるような気がする。

なんと哀しいことか……　白い大輪のダリアを柩にささげた。

下北沢の花屋で偶然見つけたのだが、あとで調べたら、花ことばは〈華麗〉〈優雅〉〈威厳〉であった！まさに松本典子を送るにふさわしい花であった。不思議は起こるものなのだ……。

（ブログ「井上理恵の演劇時評」二〇一四年三月二七日より）

2 「悪童日記」Le　Grand Cahier
双子の少年が戦火の下で書き続けた日記、〈考えることは強くなること〉だった。

大きな町から小さな町へ疎開した双子の男の子たちの「大きなノート」。パパは日々出来事を書くようにと言い、ママは勉強するのよ、と言って去る。まず、労働しなければ食べられない、〈生きるための人間の条件〉を田舎のおばあちゃんから学ぶ。

「悪童日記」の松本典子

聖書は教科書になった。「汝殺すなかれ」。「でもみんな殺してる」と司祭に問う。戦争は人間の行動のあらゆる悪を暴き出す。平和な時には体裁よく綺麗なオブラートで隠されていたものだ。

だから彼らの日記も〈事実〉だけがオブラートの形容詞や副詞抜きで綴られる。それで彼らは事物の根源を生活の中からつかみ取ることができた。

寒さ・飢え・痛み・罵詈雑言に負けない肉体と精神の訓練。日々の事柄は彼らの哲学する行為につながった。〈考えることは強くなること〉であった。そして彼らは〈人権と人間の尊厳〉を冒してはならないことに気づく。

静かな村の野原の先には国境の鉄条網があり、兵士が巡回している。ここは最終場面―双子の自立―で重要な役割をする。町の狭い道には列になった人々が移動している。彼らの行く先は強制収容所。戦争が終わった時、そこは空っぽだった。映画は村の自然や家や人々を、時に明るく時に暗く、淡々と映し出し、名優たちはアゴタ・クリストフの世界を広げる。

入浴シーンで、双子の鎖骨や胸骨の出た身体は衝撃的であった。これが戦争なのだ。双子は〈悪童〉ではない。

一九九四年に劇作家・清水邦夫はこの小説を劇化した。おそらく世界で最初の上演だろう。知的で幻想的な舞台であった。おばあちゃんを演じたのは今年三月に亡くなった松本典子。重く沈んだ松本の声と明晰なセリフ回しが映画の画面に重なった。

（『クロワッサン』二〇一四年一〇月一〇日号 CINEMA 欄掲載　135頁）

＊この映画評は、映画の公開に合わせて編集部から依頼されて書いたもの。その際、編集者の立石さんは、パルコ制作の清水の舞台に関係していたと話されて清水の舞台に触れてほしいということだった。

3　松本典子の足跡

松本典子さんの死は、木冬社の新井理恵さんからの連絡で知った。お通夜に多摩美術大学の庄山晃先生と参列する。帰宅後、追悼のブログを書いた。今回、ブログを出していてよかったと初めて痛感した。どんなにいい舞台でも重要な出来事でも、記憶は遠くなり忘却の彼方へ逃げていく……。

長い間地方大学の教員をしていたので東京の芝居をなかなか見ることが出来なかった。それでも木冬社の舞台は見ていた方だったと思う。二〇一〇年に東京へ戻ってきたのを契機に、舞台評を自由に書きたい、舞台の良さを観客に知ってもらいたい、という意図で「井上理恵の演劇時評」を六月から始めた。新劇も小劇場も宝塚も歌舞伎も映画も……すべてをひっくるめてジャンル横断的に観客層を広げることが出来ればいいと思ったのだが、観客は既にジャンル分けされていて、彼らは決して横断的に舞台を観ないことを知った。

二〇一九年から名前の文字を元々の旧字……理惠にしたら、驚いたことにネットで検索しにくくなった。〈井上理惠〉といれると〈もしかして：井上理恵〉と出て来るではないか……〈理惠〉という〈固有名詞〉が自己を主張しているのだ……これも何だか清水邦夫的な気がして面白いのだが、同一の個〈わたくし〉である。

そんなわけで昨年から〈井上理惠〉で文章を書いていることを覚えておいていただければ幸いだ。同じように〈松本典子〉を検索した。知らないタレントが出てきた。〈女優　松本典子　清水邦夫〉と入れたら、本物の松本さんが出てきて、そこで生年を知ることが出来た。

ここでは松本典子さんの女優としての足跡を少し辿りたい。大仰な文章は松本さんの好みではないと推測するから、二〇二〇年五月の今、わたくしが知り得た範囲で記すことにしたい。（以下敬称略）

松本典子は一九三五年八月九日東京に生まれた。俳優座養成所の八期生だった。俳優座付属養成所は戦後一九四九年に創設された俳優養成の老舗である。一九六七年に閉所するまで優れた俳優たちを六〇〇余名ほど育てた。これは一九六六年に芸術科演劇専攻を創設した桐朋学園短期大学へ移行する。俳優教育が初めて高等教育機関で可能になった記念すべき年だ。日本の実践的現代演劇教育がようやく外国並みに教育を始められ、やっと追いつくことができたのだ。

ちなみに俳優座養成所一期生には岩崎加根子・中村たつ、三期生に愛川欽也・渡辺美佐子、四期に仲代達也・宇津井健・佐藤慶・中谷一郎・佐藤充、五期に平幹二郎・今井和子、六期に市原悦子・川口敦子・阿部百合子、七期に田中邦衛・井川比佐志、八期に松本典子・小笠原良知・山崎努・嵐圭史・稲垣隆史など……がいる。

八期生の卒業後の道は、小笠原は俳優座、松本・稲垣は劇団民藝、山崎は文学座、嵐は前進座で生まれ育っているから当然に前進座へ行った。

『劇団民藝の記録』（二〇〇二年七月発行）と木冬社「女優N」のプログラムから松本の出演舞台をみていこう。一九五九年に同期と共に入団した。

一九五七年初演の堀田清美「島」（岡倉士朗演出）が一九五九年に再演（菅原卓演出）された。主人公の学（内藤武敏）を慕う教え子・平家の末裔地主の娘木戸玲子を演じた。この役は、初演が高田敏江、五九年の再演が松本、六八年の再演が日色ともゑだった。「島」は全国を何度も続演した舞台である。入団した松本は初めから主役候補の女優として位置づけられていたことがわかる。

一九六〇年、アーサー・ミラーの「橋からの眺め」（菅原卓訳・演出）でキャセリンを阪口美奈子とダブル・キャストで演じる。一九六一年久保栄記念「火山灰地」（村山知義演出）では、二部の秋祭りの場の娘たちの一人で出演。

一九六二年、アーノルド・ウエスカー「根っこ」（菅原卓訳・演出）でビーティ・ブライアントを北林谷栄とダブル・キャスト（北林が年相応の若い役を演じた）。

一九六三年、原源一の「台風」（松尾哲次演出）で杉町達子役。これには吉行和子も出演した。吉行は松本より少し早く入団し、「火山灰地」の〈しの〉役で人気が出た。「台風」は、宇野重吉演出「初恋」（ローゾフ作）と交互に上演されている。同じ年テネシー・ウイリアムズの「夏の日・突然に」（菅原卓訳・演出）でキャサリン・ホーリイ。

一九六四年、アレクセイ・アルブーゾフの「父と子」（泉三太郎訳・宇野重吉演出）でナターシャ。

一九六五年、原源一の「地下室の噴水」（菅原卓演出）で日下明子役、女性は斎藤美和と松本だけ。

一九六六年、J・ヴァンドルーテンの「私はカメラだ　ベルリン日記」（菅原卓訳・演出）でナタリア・ランダウア。小夜福子・奈良岡朋子・佐々木すみ江と共演している。

一九六七年、アーノルド・ウエスカーの「フォー・シーズン」（渡辺浩子訳・演出）でビアトリス役。アダム役の米倉斉加年との二人芝居だ。清水邦夫がこの舞台を観ている。渡辺に紹介してもらう予定が渡辺は楽屋口に来なくて松本が出てきたから話しかけたが、〈「あ、どうも、さようなら」と出ていってしまった〉と清水が「女優N」のプログラムに書いている。

実は、わたくしもこの舞台を観ていた。何と洒落た女優だろうと感じたのを舞台写真で思い出した。

同じ年、エウリピデスの「エレクトラ」（渡辺浩子訳・演出）でエレクトラ役、オレステスは中尾彬、ピュラデスは小川吉信、クリュタイメストラは細川ちか子。

一九七〇年、ミハイル・シャトロ一フの「七月六日〈レーニン〉」（佐藤恭子訳・宇野重吉演出）でただ一人の女性同志として出演、他は滝沢修他三〇人ほどの男優だった。このあとすぐに、木下順二の「審判　神と人のあいだ」が初演されている。

松本はルナールの「にんじん」（山田珠樹訳・宇野重吉演出）でにんじん役で出演、ルピック夫妻は宇野と北林谷栄だった。「にんじん」は松本の大事な役であった。書き込みのある台本を拝借しているが、まだ検討できないでいる。その文字は几帳面な美しく凛々しい文字であった。

「にんじん」について、清水は次のように書く。少し長いが引きたい。（／改行）

「『にんじん』（民藝公演）の初演を見た時、躰から力がすっと抜けていく感じがした。初めての体験だった。これ以上いいようがないんだけれども、もう少しいえば脱力した躰の何かが見事に空《から》になり、そこへルピック氏やルピック夫人の声、さらにはにんじんの声がびんびん響いてくる感じがした。そして、これはなんだと思い続けた。／その頃、ぼくはもう戯曲を書きはじめてしばらくたっていたが、正直いって戯曲と演出のカンケイをあれこれ整理して考える余裕なんてほとんどなかった。（略）男と女のカンケイに置きかえるのは少し見当違いの感じもするけれども、実感的には似たようなところがあった。（略）共犯者同志のような感情で舞台づくりという生活をおくっている時、あれこれ確認のことばはいらなかった。（略）しかし現実的には、いろいろ

「七月六日〈レーニン〉」(『劇団民藝の記録』より)

「にんじん」(『劇団民藝の記録』より)。
宇野重吉と松本典子

「にんじん」の松本典子

な出逢いというものがおきる、男と女のように。そして、それによってそれまでの男と女のカンケイがまるで違った風景に見えることだってあるのだ。ぼくにとって、たまたまそれが『にんじん』だった。」

（『にんじん』『ステージ・ドアの外はなつかしい迷路』所収63〜64頁、早川書房一九九四年八月）

清水は「にんじん」で宇野重吉の演出にふれて、初めて演出の役割を違った側面から考えるようになったと推測される。「にんじん」は、松本典子にとっても清水邦夫にとっても特別の舞台となったのである。「にんじん」再演については後述する。

一九七二年、カミユの「誤解」（渡辺浩子訳・演出）でマルタ役。チェーホフの「三人姉妹」（牧原純訳・宇野重吉演出）でマーシャ役。オーリガは細川ちか子、イリーナは樫山文江。これはダブル・キャスト（阪口美奈子・仙北谷和子・水原英子）だった。

「三人姉妹」についても清水は書いている。

「チェーホフの作品の中では、『三人姉妹』が一番好きであるが、これはあまりにも堂々としていて、つけいる隙がない。いいかえれば、模倣者をはじきとばすところがあって、スランプの時など、これを読むとますます自信喪失になりそうである。ただ戯曲を書いていて、こんどはどんなキャラクターの女性にしようかとあれこれ思い悩む時、ふと浮んでくるのがマーシャという像であって、マーシャ的女性が僕の作品のなかにけっこう多く登場することは否めない。」

（「わが〝バイブル〟」『前掲書』68頁）

一九七三年、シヴァルツの「影」（佐藤恭子訳・宇野重吉演出）でアヌンツィアータ役。「宇野重吉、退院して現場に復帰、寓意あふれるシヴァルツ作品（一九四〇年）をはじめて紹介　入場料１５００円」と〈劇団のこよみ〉に記されている（五月）。五月八日に京都から始まった公演は大阪・京都・神戸・兵庫・名古屋・横浜と巡演して六月の東京砂防ホールでおわる。これが劇団民藝の最後の舞台であった。そして松本典子と清水邦夫は一九七五年に結婚、木冬社をつくる。清水はこんな風に記述した。

「新宿アートシアター公演は五回で終止符をうち、蜷川の劇団は解散した。その頃わたしは「民藝」所属の女優、松本典子と知り合い、結婚した。彼女のマンションに同居するといったかたちで生活ははじまった。マンション内で移転したが、いまも同じ所に住んでいる。（略）旧現代人劇場のメンバー、石橋蓮司たちと一緒に公演をやることになり、それに松本と松本の俳優座養成所時代の同級生山崎努が参加することになった。だが、公演は初日の十日前に中止になった。この作品が『幻に心もそぞろ狂おしのわれた将門』である。（略）その一年後、木冬社をつくった。はじめは劇団制ではなく、同人制をとった。第一回公演は、『夜よ、おれを叫びと逆毛で充す青春の夜よ』で、この巻の最後に入っている『あの、愛の一群たち』公演まで木冬社は事務所も稽古場ももたなかった。」

（「磨り硝子ごしの風景Ⅱ」『清水邦夫全仕事　1958～1980〈下〉』所収447頁、河出書房新社）

蜷川の劇団の解散は一九七三年、「幻〜〜」については第三部第一章で記した。木冬社第一回公演は一九七六年、「あの、愛の一群たち」（紀伊國屋ホール公演）は、第六回公演で一九八〇年であった。

こうしてみてくると、一九五八年の「署名人」に始まる劇作家清水邦夫の歩みと五九年に始まる女優松本典子のそれは、一九六七年の両者の出会いに向って進んでいたように思われてならない。アーサー・ミラー、テネシー・ウイリアムズ、アーノルド・ウエスカーの戯曲の女性を演じてきた松本は、その後清水にとって重要な戯曲である「にんじん」「三人姉妹」を演じる女優になった。先に引いた「にんじん」の文章には続きがある。それは松本典子が一九七八年の「にんじん」再演で、再び民藝の舞台に立った時の話だ。

「『にんじん』の再演は七年後だった。ほかのキャストは変わっていたが、父親のルピック氏とにんじんは初演通りであった。そしておかしなことに、といっては不まじめに聞こえるかも知れないが、正直ふしぎなめぐり合せで、ぼくはこのにんじん役の女優と結婚していた。／そんなカンケイで『にんじん』の実際の稽古のありようが少しずつ見えてきた。彼女は毎日つかれて帰ってきた」何度も同じ所「にんじんが丸太棒にひょいとのるところを、十数通りぐらいくり返しやった」演出家はやらせるだけ……「でも、最後にちょっぴりわかってきたような気がする……ムリがあるものが一つ二つとプランから消えていく」松本の言葉から、戯曲を書く者として「これがこの作品の鉱脈だとさぐりあてることがある。（略）発見するといった感じだ。むだな、迷彩的な色彩をとりのぞき、なにかをはいでいく感覚。」（『にんじん』前掲書65頁）

戯曲を書くという創作と演出をするという行為には、似たような着地点があった。これは芸術に関する研究論文を書くという行為にも通じると読んでいて思った。清水は、木冬社の演出で宇野重吉の稽古方法を、とりこんでいたかもしれない。

「三人姉妹」についても先に引いた文章に続きがある。

「ぼくの同居人は女優であり、かつて民藝公演の『三人姉妹』でマーシャをいくどか演じているが、ぼくが新作を書くたびに、彼女に「あら、またマーシャがいる」と指摘されてがっくりくる。しかし落胆ばかりしていたのでは仕事ができないので、マーシャに似た魅力的な女性をまた一人現出せしめたのだ、とわが身を慰めることにしている。彼女は彼女で、そんなふうに批判（？）しつつも、そのマーシャに似た役を嬉々と演じているのだから、あるいは本質のところではマーシャ的な人間なのかも知れない。」（「わが〝バイブル〟」『前掲書』68頁）

こうして松本と清水は、木冬社の数多くの舞台づくりに向っていった。

●その他の出演作

蜷川幸雄演出作品

一九八三年「黒いチューリップ」（唐十郎作）、一九八四年・一九八六年「タンゴ・冬の終わりに」（清水作）、

一九八七年「なぜか青春時代」（清水作）、二〇〇〇年「三人姉妹」（チェイホフ作）

石沢秀二演出作品

一九七七年「やよいの空は―杖物語―」（石沢富子作）

大間知靖子演出作品

一九七九年「女中たち」（ジュネ作）

●松本典子の受賞歴

「楽屋」「女中たち」で、第一四回紀伊国屋演劇賞・個人賞

「ラブレター」で、第一九回紀伊国屋演劇賞・個人賞

「タンゴ・冬の終わりに」「夢去りて、オルフェ」で、芸術選奨文部大臣賞

「哄笑―智恵子、ゼームス坂病院にて」で、十三夜会賞

「悪童日記」「わが夢にみた青春の友」で、第二九回紀伊国屋演劇賞・団体賞

4 「女優N　もう悲しみはないかもしれない」

松本典子の最後の作品は、「女優N」であった。当初宣伝用に刷られたチラシには、次のように書

かれていた。

「心には沢山のドアがあるけれども、／わたしはただノックするばかり、／「おはいり」と、／やさしい返事が聞けるのを、どれほど待ちあぐねていることか……」

（エミリー・ディキンスン詩集より　／改行……以下同）

女優、松本典子は四十年前に女優になることを志し、／これまでに数多くに舞台に出演してきました。／いってみれば、彼女のその軌跡は小舟にのって千変万化の大海を渡ったり、／あるいはひとりぼっちで宇宙を飛行するようなものでした。

そんな歳月のなかで、彼女が確信したものは次のようなことです。／これはある先人のことばにもあることで、／そこからヒントをえて表現すれば、以下のように要約されるでしょう。

〝女優のひとりひとりの胸の中に、じっと耳を澄まし、耳をかたむけるべき大事なたった一羽の、唯一の自分自身の〝鳥〟が棲んでいる……〟

こういったことから、作者清水は新しい構想のもとに一つの作品を／書きおろすことになりました。」

――チラシの言葉から――

公演プログラムの表紙

清水の新作が、松本典子の最後の舞台に上がる予定であった。しかしそれは叶わなかった。公演前に届いた「女優N」の招待状には、つぎのような手紙が添えられていた。

木冬社の「御招待状」(二〇〇一年五月八日消印)

今回、新作『女優N』の上演を企画、予告してまいりましたが、わたくし個人の体調不良のため、作品の完成がおぼつかなくなり、公演中止を考えましたが、周辺の方々の熱意とご支援により、別の作品の上演に切り換えることになりました。

〝障碍のないところに抵抗力は発生しえない。そして抵抗力のないところには新しい生命力は存在しえない。〟

このような状況の中で、なんとか作品を生み出してきたのですが、今回はわたくし自身その抵抗力の不足が際立ち、このような結果になってしまいました。

『女優N』は、ご推察かと思いますが、木冬社の松本典子の女優人生をこれまでにない視点から掘りおこすつもりでおりました。従って、少しでも『女優N』の存在、人生に迫るべく、かつて松本典子が主演いたしました「戯曲推理小説」を改訂し、

『女優N…戯曲推理小説より』

「女優N」。松本典子と黒木里美

とのタイトルで上演したいと思います。

〝鳥は卵から抜け出ようともがく。卵は世界である。生まれ出ようと欲するものは、世界を破壊しなければならない。鳥は神に向って飛ぶ……〟

敬愛するヘッセの言葉を旗印に、出演者、スタッフともども精いっぱいがんばりたいと思います。

お忙しいこととは存じますが、是非ともご覧くださいます様ご案内申し上げます。

清水邦夫

こうして「女優N」は二〇〇一年六月七日〜一七日シアターχで上演された。作・演出清水邦夫、出演　松本典子・中村美代子・黒木里美・林香子・吉田敬一・泉谷侑子・新井理恵など、が舞台をつくった。

この舞台の後、松本は清水と共同で木冬社の舞台を演出し、再び女優として舞台に立つことはなかった。

おわりに

人は親しい人の死に何度か遭遇する。自身や身内の死の予感に襲われることもある。清水邦夫は宇野重吉と美空ひばりの死に触れた一文の中で、アランの『幸福論』の一部を引いている（「磨り硝子ごしの風景　Ⅳ」）。

〈自分がともあれ健康でありながら死を考える人間の状態は、死の危険はいつおとずれるか未定なのだから、実におかしなものである。死を考えるときにおそわれる心の動揺は、これを規制するものも、おしとどめるものもない、裸の情念なのである。〉（アラン）

これに続けて清水は「この裸の情念という表現はいいえて妙であり、わたしもこの時期裸の情念なるものにかなり悩まされた（母と二人の兄の手術と死の予感…井上注）。〈死〉について考えると、動揺と苦痛が波状的におそってきて、それでなんともはやずるずるととめどなくつづく気配なのだ。（略）アランはこの文章のあとに、次のようにつづける。〈他にどうしようもなければ、さしあたり、トランプ遊びでもするがいい。そうすれば、死について無際限に考える代わりに、つまり決断しなければならない時機や目前にさしせまった敗北などという、はっきり決まっている問題について考えなくてはならなくなる。〉

まさにアランのいう通りだと思い、仕事を再開しようとしたが、（略）内面の下部のところで察知される空白感もなかなかのもので、そういった状態では目前にせまった敗北も勝利もどうでもよく、

この年一本の戯曲も書かず、また他にこれといった仕事もせずに終わった。」（清水「前掲文」539頁）

第二部の初めに記したように、結局清水は身内の死の予感から解放され、清々しい時間を取り戻して劇作に向かうことが出来るようになり、「弟よ」と「哄笑」を書き上げる。

清水の引いた『幸福論』はどこの版かわからないが、わたくしの手元の白水社イデー選書版『幸福論』（串田孫一・中村雄二郎訳一九九〇年）では先の一文は、「健康でありながら死を考える者の状態は、危険がいつのものやらはっきりしないため、ほとんど滑稽である。なんの規則もなくやがてとめどもなくなるこの短い動揺は、むき出しの情念である。さしあたりトランプ遊びが、活発に考える人には、幸いにしてはっきりした問題、決断、短い期限というようなものを与えてくれる。」（アラン「死について」53頁）と訳されている。

翻訳者により文章の印象はずいぶんと変わるものだと思う。「むき出しの情念」より「裸の情念」の方がなんとなく身近な気もする。アランは誰が読んでも分かるような具体的な事例を示しながら簡潔な表現でプロポ——短めのコラムを書いたが、難しいともいわれている。

白水社版の後ろに辻邦生の「解説＝テキストを読む　人生における『微笑』の役割」が収められていて、これがアランの『幸福論』理解に実に役に立つ。アランの根底にはフランス人の〈合理的〉な「理」（レゾン）、そこには「生活感覚のなかにおのずと形づくられた〈生の正しい方向性（サンス）〉」が息づいている、というようなことが記述されていた。これも何となくだが、アランと清水は、似ているのではないかと直感的に思った。

二〇一四年九月に突如不整脈に襲われた。医師によれば〈期外収縮〉で心配ない不整脈だという。『川上音二郎と貞奴』の第一巻「明治の演劇はじまる」の原稿を出版社に渡す直前であった。もともと憑依体質で、研究対象がしばしば寝ていても登場してよく悩まされていたのだが、この時は驚いた。川上が〈正当に評価して欲しい〉と叫んでいるような気がずっとしていたから……。

アランのいう〈情念〉とは、〈人は自分以外の他者や自分の外側にある世界に依存しながら生きている〉つまり関係性の中で生きるわけだから、自分と他の関係には〈憎悪・嫉妬・不安・絶望などの伝染する情念――理性でおさえ切れない感情――〉が人にはあるということらしい。それに倣えば、わたくしは〈不安〉の情念に襲われたということになるのだろう。

今年の四月に研究仲間と『宝塚の21世紀』(社会評論社)をようやく出すことができた。この時も大変であった。昨年の夏頃、原田諒の「メサイア」に取り掛かっている時にしばしば天草四郎が出てきて悩まされた。おまけに世の関係性の中で生きている身であるから、〈不安や絶望や怒り〉も襲う。そのたびに気弱な我が心臓は不整脈で危険を知らせていたのだが、この五月ついに治まらなくなってしまった。この時はじめて「死」を実感した。〈死〉に対する「心の動揺」―「裸の情念」に悩まされて、このまま死ねないと思い、松田社長に泣きついた。清水論を出さなくては死ねないと……。

そんなわけでこれまで書いてきたものをようやくまとめることが出来た。まだ書きたい戯曲はあるが、それは〈死〉が遠のいたときにしたい。最後に入れた「一覧」も補わなければならない部分があれば、それも後日になるだろう。

多くの写真の掲載を許可してくださった清水邦夫さんのご厚意はありがたく、この本が立体的になったような気がしている。そして六年にわたり考える機会を提供してくださった庄山晃先生、清水さんとの連絡をはじめ種々助力を惜しまなかった新井理恵さん、〈コロナ禍〉で大変な状況にもかかわらず突然の願いを聞き入れて本にしてくれた松田社長と中野多恵子さん、みなさまのお力添えに心から感謝している。

この本が多くの演劇人や演劇を志す人達、演劇を愛する人たちに読まれ続けることを、そして清水邦夫の戯曲が世界や日本の舞台に可能な限り長く乗ることを願ってやまない。

井上理恵

二〇二〇年六月一七日

清水邦夫戯曲発表年・初演一覧

戯曲一覧は執筆年・戯曲タイトル・初演・公演集団・劇場・演出・出演者の順に記した。

1958年*1	「署名人」 1960年11月　劇団青俳　俳優座劇場 倉橋健／兼八善兼演出、出演：岡田英二・穂高稔・織本順吉ほか
1958年	「朝に死す」1979年9月　木冬社特別公演　渋谷ジァンジァン 秋浜悟史構成・演出、出演：金田明夫・村雲敦子・木下浩之・守屋るみ
1959年	「明日そこに花を挿そうよ」1960年7月　劇団青俳　俳優座劇場 塩田殖演出、出演：木村功・蜷川幸雄・原知佐子ほか
1962年	「逆光線ゲーム」1963年5月　劇団青俳　俳優座劇場 観世栄夫演出、出演：岡田英二・原知佐子・蜷川幸雄・正城睦子・真山知子ほか
1966年	「あの日たち」1966年7月　劇団青俳　俳優座劇場 秋浜悟史演出、出演：岡田英二・木村功・高津住男・蜷川幸雄・蟹江敬三・原知佐子ほか
1968年	「真情あふるる軽薄さ」1969年9月　現代人劇場　新宿文化 蜷川幸雄演出、出演：蟹江敬三・真山知子・岡田英二・石橋蓮司ほか
1969年	「狂人なおもて往生をとぐ」1969年3月　劇団俳優座　俳優座劇場 西木一夫演出、出演：永井智雄・原田芳雄・古谷一行・村瀬幸子・清水良英ほか
1970年	「あなた自身のためのレッスン」1970年5　月劇団俳優座　俳優座劇場 西木一夫演出、出演：市原悦子・原田芳雄・執行佐智子・袋正・菅貫太郎ほか
1970年	「想い出の日本一萬年」1970年9月　現代人劇場　新宿文化 蜷川幸雄演出、出演：本田龍彦・蟹江敬三・石橋蓮司・真山知子・利光哲夫・梶原譲二ほか
1971年	「鴉よ、おれたちは弾丸をこめる」1971年10月　現代人劇場　新宿文化 蜷川幸雄演出、出演：蟹江敬三・梶原譲二・緑魔子・真山知子・石橋蓮司ほか

1971年	「いとしいちしのぶーたれ乞食」1983年7月　木冬社ミニシアター　木冬社アトリエ 清水邦夫演出、出演：黒木里美・伊藤珠美ほか
1972年[*2]	「ぼくらは生まれ変わった木の葉のように」1972年1月　桐朋学園短期大学専攻科　紀伊國屋ホール 清水邦夫演出、出演：桐朋専攻科安部公房ゼミ生
1972年[*3]	「ぼくらが非情の大河をくだる時」1972年10月　櫻社　新宿文化 蜷川幸雄演出、出演：蟹江敬三・石橋蓮司・本田龍彦・赤石武生・石井愃一ほか
1973年	「泣かないのか？　泣かないのか——九七三年のために？」1973年10月　櫻社　新宿文化 蜷川幸雄演出、出演：蟹江敬三・石橋蓮司・石井愃一・西村克己ほか
1975年	「幻に心もそぞろ狂おしのわれら将門」1976年旭川在住集団、1978年レクラム舎　渋谷パルコ横テント 赤石武生演出、出演：鈴木一功・直井おさむ・羽田えみこ他
1976年	「花飾りも帯もない氷山よ」1976年10月　関弘子プロジュース　渋谷ジァンジァン 清水邦夫演出、出演：松本典子・吉岡祐一
1976年[*4]	「夜よ　おれを叫びと逆毛で充す　青春の夜よ」1976年11, 12月　木冬社第1回公演　ABC会館ホール 清水邦夫演出・篠崎光正演出補、出演：山崎努・松本典子ほか
1977年	「楽屋」1977年7月　木冬社第2回　渋谷ジァンジァン 秋浜悟史演出、出演：松本典子・安部玉絵・中野礼子・新野加代子
1978年	「火のようにさみしい姉がいて」1978年12月　木冬社第3回　紀伊國屋ホール 秋浜悟史演出、出演：山崎努・松本典子・岸田今日子・伊藤惣一・中村美代子・堀勝之祐ほか
1979年[*5]	「戯曲冒険小説」1979年7月　文学座　文学座アトリエ 藤原新平演出、出演：菅野忠彦・小林勝也・角野卓造・神保共子ほか
1980年	「わが魂は輝く水なり」1980年2月　劇団民藝　砂防会館ホール 宇野重吉演出、出演：宇野重吉・伊藤孝雄・鈴木智・奈良岡朋子・新田昌玄・真野響子・梅野泰靖ほか
1980年	「青春の砂のなんと早く」1980年6, 9, 10, 11月　青年座　青年座劇場 五十嵐康治演出、出演：山路和弘・大塚国夫・大橋芳枝・中台祥浩・五味多恵子・児玉謙次

1980年*6	「あの、愛の一群たち」1980年7月　木冬社第6回　紀伊國屋ホール 秋浜悟史演出、出演：岸田今日子・吉行和子・松本典子・鈴木弘一・安部玉絵・新野加代子ほか
1981年	「一九八一・嫉妬」1981年5月　文学座　文学座アトリエ 藤原新平演出、出演：松下砂稚子・二宮さよ子・菅野忠彦・角野卓造・下村彰宏
1981年	「あらかじめ失われた恋人たちよ－劇篇－」1981年10月　木冬社第7回　砂防会館ホール／紀伊國屋ホール 清水邦夫演出、出演：岸田今日子・吉行和子・松本典子・清水紘治ほか
1982年	「昨日はもっと美しかった」1982年1月　木冬社＝俳優座　俳優座劇場 清水邦夫演出、出演：清水紘治・吉行和子・和田周・野中マリ子ほか
1982年	「雨の夏、三十人のジュリエットが還ってきた」1982年5月　東宝　日生劇場 蜷川幸雄演出、出演：淡島千景・久慈あさみ・甲にしき・汀夏子・佐藤慶ほか
1983年*7	「エレジー」1983年9月　劇団民藝　三越劇場 宇野重吉演出、出演：宇野重吉・南風洋子・仙北谷和子・三浦威・西川明
1983年	「とりあえず、ボレロ」1983年12月　木冬社第9回　紀伊國屋ホール 清水邦夫演出、出演：吉行和子・松本典子・磯部勉・中村美代子・黒木里美ほか
1984年	「タンゴ・冬のおわりに」1984年4月　パルコ制作　パルコ劇場 蜷川幸雄演出、出演：平幹二郎・松本典子・名取裕子・塩島明彦ほか
1984年	「海賊、森を走ればそれは焔」1984年7月　劇団俳優座　俳優座劇場 増見利清演出、出演：磯部勉・堀越大史・香野百合子・中村美代子・松本克平ほか
1984年	「ラブレター」1984年12月　木冬社第10回　紀伊國屋ホール 清水邦夫演出、出演：吉行和子・松本典子・中村美代子・磯部勉ほか
1985年	「救いの猫ロリータはいま‥‥」1985年6月　演劇集団円　紀伊國屋ホール 村田大演出、出演：岸田今日子・立石涼子
1985年	「95kgと97kgのあいだ」1985年6月　NINAGAWA STUDIO　ベニサン・ピット 蜷川幸雄演出、出演：渕野直幸・平井太佳子・大石継太ほか

1986年	「花のさかりに死んだあの人」1986年3月　木冬社＝ジァンジァン　渋谷ジァンジァン 清水邦夫演出、出演：黒木里美・伊藤珠美ほか
1986年	「薔薇十字団・渋谷組」1986年4月　パルコ制作　パルコ＝スペースパート3 清水邦夫演出、出演：吉行和子・蟹江敬三
1986年	「夢去りて、オルフェ」1986年12月　木冬社10周年＝紀伊國屋書店60周年記念　紀伊國屋ホール 清水邦夫演出、出演：平幹二郎・松本典子・垂水悟郎ほか
1987年	「なぜか青春時代」1987年6月　パルコ制作　パルコ劇場 蜷川幸雄演出、出演：夏木マリ・松本典子・津嘉山正種ほか
1987年	「戯曲推理小説―ローズマリーの赤ん坊のように」1987年11月　木冬社＝パルコ　パルコ＝スペースパート3 清水邦夫演出、出演：松本典子・黒木里美・不破万作・王城美璐ほか
1989年	「たそがれて、カサブランカ」1989年4月　パルコ・フジテレビ　パルコ劇場 杉田成道演出、出演：田中邦衛・原田美枝子・小堺一機・永島敏行ほか
1989年	「青春・ロンググッドバイ」1989年6月　木冬社Ankhスタジオ 清水邦夫上演台本・演出、出演：木冬社メンバー
1989年	「恋愛小説のように」1989年12月　木冬社＝紀伊國屋書店　紀伊國屋ホール 清水邦夫演出、出演：芦田伸介・松本典子・黒木里美ほか
1990年*8	「弟よ」1990年12月　木冬社＝紀伊國屋書店　紀伊國屋ホール 清水邦夫演出、出演：松本典子・中村美代子・中島久之・磯部勉・黒木里美・南谷朝子・堀越大史ほか
1990年	愛のかたちを探る週末の一幕劇集Ⅰ「帰宅」「アリス」（ルイ・フィリップ作）1990年　木冬社　木冬社Ankhスタジオ 清水邦夫劇化、清水・松本演出、出演：黒木里美ほか
1991年	「哄笑」1991年10月　木冬社＝パルコ　パルコ＝スペースパート3 清水邦夫演出、出演：松本典子・小林勝也・黒木里美・内山森彦・南谷朝子・王城美璐・石塚智二ほか
1991年	愛のかたちを探る週末の一幕劇集Ⅱ「愛のゆくえ」「アマドゥーの娘」「無言」（ルイ・フィリップ作）1991年　木冬社　木冬社Ankhスタジオ 清水邦夫劇化、清水・松本演出、出演：黒木里美・南谷朝子ほか

1992年	「冬の馬」1992年12月　木冬社＝シアターχ　シアターχ 清水邦夫演出、出演：米倉斉加年・松本典子・磯部勉・中村美代子・黒木里美ほか
1993年	愛のかたちを探る週末の一幕劇集Ⅲ　（ルイ・フィリップ作か‥？）1993年　木冬社　シアターχ 清水邦夫劇化・演出、木冬社出演
1994年	「悪童日記」（アゴダ・クリストフ作、堀茂樹訳、清水邦夫劇化）1994年　木冬社＝シアターχ　シアターχ 清水邦夫演出、出演：松本典子・安田正利ほか
1994年[*9]	「わが夢にみた青春の友」1994年12月　木冬社＝紀伊國屋書店　紀伊國屋ホール 清水邦夫演出、出演：松本典子・蟹江敬三・磯部勉・中島久之・中村美代子・黒木里美・越前屋加代ほか
1995年	「愛の森─清盛をめぐる女人たち」1995年6月　文学座＝紀伊國屋書店　紀伊國屋ホール 鵜山仁演出、出演：松下砂稚子・寺田路恵・平淑恵・山本郁子・内野聖陽・坂口芳貞ほか
1996年[*10]	「わたしの夢は舞う─会津八一博士の恋」1996年1月　兵庫県立尼崎青少年創造劇場制作　ピッコロシアター 秋浜悟史演出、出演：鈴木智・平井久美子・梁瀬満・安達朋子・谷山佐知子・髙橋健二ほか
1996年	「イエスタディ」1996年多摩美術大学卒業公演、2003年8月　木冬社　シアターχ 清水邦夫・松本典子演出、出演：大野舞紀子・吉田敬一・新井理恵・水谷豊・関谷道子・伊藤理奈
1997年	「昭和歌謡大全集」（村上龍作、清水邦夫劇化）1997年7月　銀座セゾン劇場制作　銀座セゾン劇場 蜷川幸雄演出、島田陽子・手塚理美・筒井道隆・片桐はいり・勝村政信・不破万作ほか
1998年	「オフィリア幻想」のち「草の駅─オフィリア幻想」1998年多摩美術大学卒業公演、1998年木冬社＝シアターχ シアターχ、のち「夢幻家族」2001年10月　ピッコロシアター　秋浜悟史演出
1998年	「リターン」2部作（海へ、陸へ）1998年12月　木冬社＝シアターχ　シアターχ 清水邦夫演出、出演：米倉斉加年・松本典子・中村美代子・黒木里美・吉田敬一・林香子・越前屋加代ほか
2000年	「ライフライン」のち「破れた魂に侵入」2000年　多摩美術大学卒業公演、のち木冬社＝シアターχ
2000年	「恋する人びと」2000年6月　木冬社＝紀伊國屋書店　紀伊國屋サザンシアタター 清水邦夫演出、出演：松本典子・中村美代子・黒木里美・磯部勉・吉田敬一ほか

2001年	「女優N－戯曲推理小説」2001年6月　木冬社　シアターχ 清水邦夫演出、出演：松本典子・中村美代子・黒木里美・林香子・吉田敬一・新井理恵・泉谷侑子ほか
2002年	「破れた魂に侵入」2001年11月　木冬社　サイスタジオ 清水邦夫・松本典子演出、出演：吉田敬一・泉谷侑子・新井理恵・川本貴史・水谷豊ほか
2004年	「二人だけの薔薇十字団」1986年初演の改訂版で2004年9月　木冬社　サイスタジオ 清水邦夫・松本典子演出、出演：黒木里美ほか
2006年	「行きずりの人たちよ」1974年NHKFMラジオドラマとして放送。上演用にして初演2006年3月 木冬社　サイスタジオ　清水邦夫・松本典子演出、出演：木冬社メンバー（木冬社公演は本作で終了）

［注］

＊1　早稲田演劇賞及びテアトロ演劇賞受賞。

＊2　初演及び劇場については第三部第四章を参照されたい。

＊3　岸田戯曲賞受賞。

＊4　紀伊國屋演劇賞個人賞受賞。

＊5　芸術選奨新人賞受賞。

＊6　テアトロ演劇賞受賞。木冬社第6回とある。4・5回は不詳。「青春の砂のなんと早く」初演月のどれかか、中止した「幻に心もそぞろ狂おしのわれら将門」か…。第三部第一章を参照されたい。

＊7　読売文学賞受賞。

＊8　テアトロ演劇賞・芸術選奨文部大臣賞受賞。

＊9　紀伊國屋演劇賞・団体賞受賞。

＊10　この公演は文化庁芸術祭優秀賞受賞・紀伊国屋演劇賞団体賞受賞。

■サイスタジオにおける小さな公演

1996年 5月 Vol.1 「声楽の授業」「アリス」「ある恋の物語」「楽屋」劇化及び作・清水邦夫、清水邦夫・松本典子演出、松本典子ほか木冬社メンバー出演

1997年 4月 Vol.2 「イエスタディ」「ある恋の物語」清水作、清水邦夫・松本典子演出、松本典子ほか木冬社メンバー出演

1999年 4月 Vol.3 「朝に死す」「草の駅」清水作、松本典子・清水邦夫演出、木冬社メンバー出演

11月 Vol.4 「戯曲冒険小説」「戯曲推理小説」清水作、清水邦夫・松本典子演出、木冬社メンバー出演

2000年 11月 Vol.5 「愛の森—清盛をめぐる女人たち」清水作、松本典子・清水邦夫演出、木冬社メンバー出演

2001年 11月 Vol.6 「破れた魂に侵入ー Life Line」清水作、松本典子・清水邦夫演出、木冬社メンバー出演

2004年 9月 Vol.7 「二人だけの薔薇十字団」清水作、清水邦夫・松本典子演出、木冬社メンバー出演

2006年 3月 サイスタジオに於ける清水邦夫作品公演＃１ 「署名人」高橋正徳演出、「行きずりの人たちよ」清水邦夫・松本典子演出、木冬社メンバー出演

サイスタジオ公演に参加した木冬社メンバー
黒木里美・林香子・越前屋加代・吉田敬一・泉谷侑子・新井理恵・関谷道子・深野良純・水谷豊・金光泰明など

＊戯曲一覧作成にあたり、木冬社の新井理恵さんのご協力を得た。『清水邦夫全仕事（1958~2000）』全五巻（河出書房新社）、『映像演劇第２号』（多摩美術大学年報）、木冬社プログラムを参照した。

著者紹介■井上理恵（いのうえ　よしえ）

演劇学・演劇史・戯曲論専攻
桐朋学園芸術短期大学特別招聘教授

著書●『久保栄の世界』『近代演劇の扉をあける』『菊田一夫の仕事　浅草・日比谷・宝塚』『ドラマ解読』『川上音二郎と貞奴　全三巻』『木下順二の世界』（全て社会評論社刊）他。

共著●『20世紀の戯曲　全三巻』『革命伝説・宮本研の劇世界』『つかこうへいの世界―消された知』『宝塚の21世紀―演出家とスターが描く舞台』（社会評論社）、『家族の肖像』『村山知義　劇的先端』（森話社）他

https://yoshie-inoue.at.webry.info/

清水邦夫の華麗なる劇世界

2020年8月7日　初版第1刷発行

著　者　井上理恵
発行人　松田健二
発行所　株式会社 社会評論社
　　　　東京都文京区本郷2-3-10　〒113-0033
　　　　tel. 03-3814-3861/fax. 03-3818-2808
　　　　http://www.shahyo.com/

装幀・組版デザイン　中野多恵子
印刷・製本　　　　　倉敷印刷株式会社